유머 바이러스

지혜의 샘 시리즈 ㉓

유머 바이러스

초판 1쇄 발행 | 2010년 03월 25일
초판 13쇄 발행 | 2024년 01월 31일

엮은이 | 유머동호회

발행인 | 김선희 · 대 표 | 김종대
펴낸곳 | 도서출판 매월당
책임편집 | 박옥훈 · 디자인 | 윤정선 · 마케터 | 양진철 · 김용준

등록번호 | 388-2006-000018호
등록일 | 2005년 4월 7일
주소 | 경기도 부천시 소사구 중동로 71번길 39, 109동 1601호
        (송내동, 뉴서울아파트)
전화 | 032-666-1130 · 팩스 | 032-215-1130

ISBN 978-89-91702-58-5 (03810)

· 잘못된 책은 바꿔드립니다.
· 책값은 뒤표지에 있습니다.

유머 바이러스

유머동호회 엮음

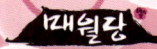

매월당
MAEWOLDANG

제2장
파안대소(破顔大笑) **바이러스**

제3장
포복절도(抱腹絕倒) **바이러스**

제4장
소문만복래(笑門萬福來)

박장대소(拍掌大笑)
바이러스

❄ 퇴직 경찰관

　　퇴직한 경찰관이 차를 몰고 무인 감시 카메라가 있는 지역을 지나는데, 느린 속도로 달렸음에도 불구하고 카메라가 반짝이며 사진이 찍히는 것이었다.

　　이상하다고 생각되어 차를 돌려 다시 그 길을 지나가니 또 카메라가 반짝였다. 그는 뭔가 고장이 났다고 생각하고 다시 한 번 지나갔고 카메라는 또 찍었다.

　　"이 녀석들! 카메라 관리도 제대로 안 하는군."

　　남자는 나중에 경찰서에 알려줘야 되겠다고 생각하며 그 자리를 떠났다.

　　열흘 후, 그의 집으로 안전띠 미착용 벌금고지서 세 장이 배달되었다.

고속도로의 노인

어느 노인이 아들네 집에 가려고 차를 몰고 고속도로를 달리고 있는데, 아들에게서 전화가 왔다.

"아버지, 지금 고속도로에 계시죠?"

"그래, 왜?"

"지금 어떤 차 한 대가 고속도로에서 역주행하고 있다고 뉴스에 나왔거든요, 조심하시라구요!"

그러자 노인이 대답했다.

"그것 참 정신없는 놈이구먼. 그런데 한 대가 아니다. 수백 대가 전부 역주행하고 있어!"

❄ 직업별 싫은 사람

- 변호사가 제일 싫어하는 사람은?
  법 없이도 사는 사람

- 의사가 제일 싫어하는 사람은?
  앓느니 죽겠다는 사람.

- 산부인과 의사가 제일 싫어하는 사람은?
  무자식 상팔자라는 사람.

- 치과의사가 제일 싫어하는 사람은?
  이 없으면 잇몸으로라도 사는 사람

- 한의사가 싫어하는 사람은?
  약은 무슨 약, 밥이 보약이라고 하는 사람

- 기자가 제일 싫어하는 정치인은?
  기삿거리 안 되는 얘기만 하는 사람

- 목사를 가장 난감하게 만드는 사람은?
  부처님 가운데 토막 같은 사람

- 학원 강사가 제일 싫어하는 학생은?
  하나를 가르쳐주면 열을 아는 학생

유명한 거짓말 시리즈

연예인 : 우리는 그냥 친한 친구 사이일 뿐이에요.

엄마 : 많이 먹어, 나중에 살 빼면 돼.

신인배우 : 외모가 아닌 실력으로 인정받고 싶어요.

회사 사장 : 이 회사는 여러분의 것입니다.

미스코리아 : 얼굴보다 마음이 중요하지요.

✳ 쥐어박고 싶은 남자

50대 : 사업한다고 대출받는 남자

60대 : 이민 간다고 영어 배우는 남자

70대 : 골프 안 맞는다고 레슨받는 남자

80대 : 거시기 안 된다고 비아그라 먹는 남자

90대 : 여기저기 아프다고 종합검진 받는 남자

건강이 제일

1. 똑똑한 사람은 예쁜 사람을 못 당하고

2. 예쁜 사람은 시집 잘 간 사람을 못 당하고

3. 시집 잘 간 사람은 자식 잘 둔 사람을 못 당하고

4. 자식 잘 둔 사람은 건강한 사람한테 못 당하고

5. 건강한 사람은 세월 앞에 못 당한다.

할 말 안 할 말

우리나라의 최남단은 제주도이다.
제주도 밑에는 마라도가 있다.
그리고 그 밑에는 환상의 섬 무마도가 있다.
무마도에는 말이 살지 않기 때문에 무마도라 불린다.

옛날 무마도에는 아주 금실이 좋은 암말과 수말이 살고 있었다. 그러던 어느 날 암말이 병에 걸려 죽고 말았다. 그러자 수말은 다음과 같이 중얼거렸다.
"할 말이 없네."
얼마 뒤 암말이 물에 떠내려왔다. 암말이 오자마자 이번에는 수말이 죽었다. 그러자 암말이 말했다.
"해줄 말이 없네."

수말을 잃은 암말은 하염없이 바다만 바라보며 세월을 보냈다. 그러던 어느 날 갑자기 바다에서 해일이 일면서 야생마들이 몰려오는 것이 아닌가.

이때 암말이 외쳤다.

"어떤 말을 해야 할지?"

젊은 야생마들과 난잡한 생활을 하게 된 암말은 어느 덧 몸이 쇠약해 보기에도 끔찍하게 말라가기 시작했다. 이를 보다 못한 건실한 야생마 한 마리가 암말에게 충고를 하였다.

"너 아무 말이나 막하는 게 아냐?"

그때 암말은 다음과 같이 대꾸하였다.

"그래도 할 말은 해야지."

결국 암말은 갈 때까지 가게 되어서 더 이상 회생 불능의 상태까지 이르게 되었다. 마지막 수단으로 암말은 영계 수말을 끌어들였다. 그러자 다음날 아침 신기하게도 회춘을 하게 되었다. 태양이 솟고 새들이 지저귀는 아침에 잠자리에서 외쳤다.

"지금까지 내가 한 말은 아무것도 아니야."

아침 동산에 올라 저 멀리 풀을 뜯고 있는 야생마들을 바라보며 암말은 다시 중얼거렸다.
"무슨 말부터 할까?"
수많은 야생마 중에는 AIDS에 걸린 야생마들이 있다. 그때는 다음과 같은 격언을 되새기게 한다.
'세상에는 할 말과 안 할 말이 있다.'

빨아만 봐서

　어느 아줌마가 술을 마시고 운전을 하다가 교통순경에게 걸렸다.
　"음주 단속 중입니다. 이것 불어보세요."
　아줌마는 겁에 질려 제대로 불지 못했다.
　몇 번을 실패하자 화가 난 교통순경.
　"아주머니, 이것 하나 제대로 못 불어요?"
　울상이 된 아줌마가 말하길,
　"아니, 내가 빨아보기는 했어도 부는 것은 안 해 봤단 말이에요!"

 고백

신혼 첫날밤에 신랑이 신부에게 말했다.

"내 물건은 갓 태어난 아이 같아."

신부는 조금 실망하는 눈치였지만 그래도 괜찮다고 대답했다.

드디어 신랑이 옷을 벗자 그녀는 너무 놀라 까무러쳤다. 그녀가 제정신이 돌아온 후,

"아까는 갓 태어난 아이 같다고 했잖아요?"

"그래… 갓 태어난 아이. 3Kg에 37cm!"

더 이상 못 참겠다

　남편이 지방 출장을 갔다가 3개월 만에 돌아왔다.

　"여보, 정말 오랜만이야. 너무너무 보고 싶었어. 사랑해!"

　"자기 빨리 화끈하게 해줘요. 얼마나 하고 싶었는지 몰라요."

　두 사람은 정신없이 관계를 가지며 신음소리를 냈다.

　그런데 갑자기 옆방에 혼자 사는 사나이가 문을 쾅쾅 두드리며 소리쳤다.

　"야! 너희만 사냐! 매일 밤 하는 사람은 너희들밖에 없어!"

남편 & 아내 몰래 하고 싶은 것들

♥ 나만 보면 집안이 답답하다는 괘씸한 남편, 몰래
  다이어트를 해서 갑자기 늘씬해진 속옷 차림으로
  나타나 심장마비 일으키게 하고 싶다.

♥ 너무 자주 출장 떠나는 남편, 아무도 모르게 미행
  해 보고 싶다.

♥ 남편 모르게 곗돈 부어 내 마음대로 써보고 싶다.

♥ 춤이라면 질색인 남편 몰래 살 빠진다는 사교춤
  배우고 싶다.

♥ 술만 마시면 말이 많은 남편, 날 잡아 실컷 마시고
  주정 피워보고 싶다.

남편

♥ 내가 있으면 잘못 걸렸다며 전화를 끊는 아내의 휴대폰 내역.

♥ 아내 모르는 비상금 만들어 친구들에게 인간성 좋은 놈으로 남고 싶다.

♥ 채팅에 열심인 아내의 비밀번호를 알아내 메일 좀 봤으면…….

♥ 올해부터 운수대통이라는 점쟁이 말을 믿고 한 10만 원어치쯤 복권을 긁고 싶다.

♥ 장기 출장이라 속이고 두 여자 거닐며 일주일쯤 스트레스 확 풀고 싶다.

 **가발**

　침대 열차 상단에 자리를 잡은 남자가 그만 가발을 하단에 떨어뜨렸다. 하단에는 어떤 여인이 잠들어 있었다. 할 수 없이 신사는 팔을 뻗어 더듬더듬 가발을 찾았다. 그러자 갑자기 자던 여인이 중얼거렸다.
　"맞아요, 맞아… 거기 거기요. 으응……."
　남자가 한참 더듬어 만져보고는,
　"아녀유, 아줌씨! 제 것은 가운데 가르마가 없는디유!"

이런 사람 꼭 있다

■ **화장실에서**

1. 대변보는 데 들어와서 냄새난다고 난리치는 사람
2. 그러고 나갈 때 불 끄고 나가는 사람
3. 비누 쥐어짜서 이상하게 만들어 놓는 사람
4. 내 칫솔 변기에 빠뜨렸다가 얼른 올려놓고 시치미 떼는 사람
5. 대변보고 물 안 내리는 사람

■ **컴퓨터할 때**

1. 할 것 없어서 바탕화면에 마우스 드래그만 하는 사람
2. 하드 용량만 많으면 최고인 줄 아는 사람
3. 코드 빼놓고 고장 났다고 A/S 부르는 사람
4. 컴퓨터 옆에 살림살이 다 차려놓고 사는 사람
5. 모니터 내려놓고 누워서 하는 사람

■ 게임할 때

1. 게임 지고서 마우스 탓만 하는 사람
2. 스타 깨지고 주 종족이 아니었다고 하는 사람
3. 계속 지면서 어쩌다가 한 판 이기면 집에 갈 때까지 그 얘기하는 사람
4. 100판 이기고 1판 졌는데 다음날 내가 그 사람보다 못 한다고 동네에 소문나 있을 때
5. 쥐뿔도 못 하면서 이론만 해박한 사람

■ 뭐 먹을 때

1. 과자 두 봉지 사서 자기 것 빨리 먹고 내 것 축내는 사람
2. 껌 씹다가 꺼내서 주물럭거리다 다시 씹는 사람
3. 먹는 거만 보면 던져서 받아먹으려고 하는 사람
4. 성질 급해서 컵라면에 미지근한 물 붓고 나중에 씹어먹는 사람
5. 음료수만 보면 섞어먹으려고 하는 사람

■ 유머란에서

1. 자기가 못 떴다고 다른 사람한테 시비 거는 사람
2. 신나게 웃고서 추천 안 누르는 사람
3. '님 글 재미있게 읽었습니다.'로 시작해서 돈 버는 사이트 광고로 끝내는 사람
4. 유머란 글을 라디오에 보내서 상품 타는 사람

■ 물건을 사면

1. 뭐든지 사오면 신기하다고 분해해 놓고 조립 못 하는 사람
2. 맥가이버칼 사고 톱으로 다 쓸고 다니는 사람
3. 마이마이 처음 사고 테이프 바꾸다가 뚜껑 날려먹는 사람
4. 들고 다니다가 오락실에 놓고 오는 사람
5. 내가 사서 자랑하면 다음날 똑같은 거 들고 나타나는 사람

■ **여자를 보면**

1. 내 여자보다는 다른 여자가 더 예쁘다고 하는 사람
2. 내 아내에게는 평생 사랑한다는 말 한 마디 안 하고 남의 아내 보고는 사랑한다 말하는 사람
3. 내 아내는 고생해도 괜찮은데 남의 아내 고생하면 안쓰러워하는 사람

애들이 싸울 때 선생님의 한 마디

- 국어 교사 : 주제도 모르고 쯧쯧쯧!
- 수학 교사 : 분수를 알아라, 분수를.
- 영어 교사 : Oh! no! stop!
- 음악 교사 : 말리지는 못할망정 서로 장단 맞추냐.
- 윤리 교사 : 서로 배려하고 타협할 줄 알아야지.
- 진로담당 교사 : 너희들 앞으로 어떻게 살아가려고 그러니?
- 양호 교사 : 또 다쳤니? 또 다쳤어? 어휴~!
- 체육 교사 : 그것도 싸움질이라고 하나?
- 국사 교사 : 조상님들 보기 부끄럽지도 않니?
- 세계사 교사 : 너희들이 싸운다고 이 세상이 달라지냐!
- 물리 교사 : 힘으로 싸우는 게 최고가 아냐.
- 생물 교사 : 벌레만도 못한 놈들.

❄ 나라별로 유명한 이름 유머

- 중국에서 제일 멍청한 사람은? 띵해
- 일본에서 제일 뚱뚱한 사람은? 산사이도 모가
- 일본에서 가장 마음 약한 자매는? 우야꼬, 우짜꼬
- 일본에서 가장 돌팔이 의사 이름은?
  배째노코 우야코
- 러시아에서 가장 키 큰 사람은?
  스카이 푹 찔러스키
- 인도에서 가장 요가 잘하는 사람은? 꼰다리 또꽈
- 아랍의 가장 열성적인 교육자는? 하나라도 알라
- 이탈리아의 유명한 자선사업가 이름은?
  더 주란 마리아
- 프랑스의 유명한 요리사는? 막 드셩
- 프랑스에서 가장 불효자는? 에밀졸라

나라 유머

- 세계에서 굶는 사람이 가장 많은 나라는? 헝가리
- 바느질을 제일 잘하는 나라는? 가봉
- 국민들이 가장 거만한 나라는? 오만
- 국민들이 가장 꾀가 많은 나라는? 수단
- 세계에서 가장 큰 코쟁이들이 사는 나라는? 멕시코
- 가장 권투를 잘하는 나라는? 칠레
- 애주가가 가장 많은 나라는? 호주
- 처녀들이 가장 많이 사는 나라는? 뉴질랜드

❄ 이거 말 되네

- '쥐가 네 마리다.'를 두 글자로 한다면? 쥐포
- 누룽지를 영어로? 바비 브라운
- 사과를 한 입 베어 물면? 파인애플
- 한 입 더 베어 물면? 더 파인애플
- 엄마는 한 명이고, 아버지가 둘인 아이는?
  두부 한 모
- 국사책을 태우면? 불국사
- 참기름이 법원에 간 이유? 고소해서
- '당신은 비를 아십니까?'를 네 글자로 하면?
  너비아니
- 소주, 맥주, 양주를 섞어 마시면? 졸도
- 세상에서 제일 맛있는 술은? 입술
- 거지의 최대 소원은? 깡통에 도금하기
- 눈이 녹으면 뭐가 될까? 눈물
- '붕어가 한 번에 낳은 알의 수!'를 네 자로 줄이면?
  알 수 없다!

- 나폴레옹의 무덤은? 불가능
- 새들의 간식은? 새참
- 김태우가 김 구우면 김태우나?
- 고로케가 고로케 맛있니?
- 장미란에게 장미란?
- 허재가 농구 좀 허재!!
- 형돈아~ 형 돈 좀….
- 차이나에서 여자한테 고백하면 차이나?
- 내 자가용은 너무 자가용~.
- 한채영은 집이 한채영?
- "미션! 구하라"를 구하라!
- 구혜선을 구혜선 안 돼!
- 건담에게 어떻게 말을 건담?
- 샤이니랑 아는 샤이니?
- 우리는 사이다를 마신 사이다.
- 바나나를 먹으면 나한테 바나나?

❄ 연예인 유머

- 우리나라에서 제일 잠이 많은 연예인은? 이미자

- 어부들이 제일 싫어하는 가수는? 배철수

- 스캔들 없이 사생활이 깨끗한 가수는? 노사연

- '너는 시골에 산다.'를 세 글자로 한다면? 유인촌

- 투수가 싫어하는 연예인은? 강타

- 눈과 구름을 자르는 칼은? 설운도

- 청바지를 갖고 있는 사람은? 소유진

방귀

- 방귀를 한 자로 표현하면 : 뿡
- 두 자는 : 뽀옹
- 세 자는 : 똥 트림
- 네 자는 : 가죽피리
- 다섯 자는 : 두 산의 분노
- 여섯 자는 : 항문의 소나타
- 일곱 자는 : 쌍 바윗골의 비명
- 아홉 자는 : 내적갈등의 외적 표현
- 열한 자는 : 꽁보리밥의 이유 없는 반항
- 스물두 자는 : 작은창자 작사 큰창자 작곡 '항문은
  왜 그리 슬피 우나요?'

❄️ 학창시절 담임선생님의 뻔한 거짓말

- 우리 반이 제일 개판이야! 옆반은 얼마나 조용한 지 알아?

- 내가 너희 만할 땐 선생님 말씀 잘 들었어. 자 조 금만 더 하고 쉬자.

- 너희들한테만 가르쳐주는 건데… 내 말 속에서 시 험문제가 다 나와.

- 때리는 나도 가슴 아프다. 난 치사하게 성적 같은 걸로 편애 안해.

사오정 시리즈

1. 사오정이 졸업한 고등학교는? 뭐라고

2. 사오정의 생일은? 안들린데이

3. 사오정이 가장 좋아하는 동물은? 더 크게

4. 사오정 나라의 바다는? 다시 말해

❄ 유머 퀴즈

1. 인디언들 중에 가장 높은 사람은? 추장

2. 그렇다면 추장보다 더 높은 사람은 누구일까?
   고추장

3. 그렇다면 고추장보다 더 높은 사람은? 초고추장

4. 마지막으로 초고추장보다 더 높은 사람은?
   태양초고추장

방귀뀐 사람들의 반응

1. 뻔뻔한 사람 : 누가 꿰었어? 빨리 자수해.

2. 솔직한 사람 : 아, 시원하다.

3. 소극적인 사람 : 나는 아니니까 나 쳐다보지 마.

4. 내성적인 사람 : 내 방귀는 냄새가 안 나.

5. 긍정적인 사람 : 냄새 좀 나면 어때?

6. 공격적인 사람 : 너는 방귀 안 뀌냐?

7. 내숭떠는 사람 : 먹은 게 상했나 봐.

8. 양심 없는 사람 : 잠시 후 '2차 폭발'이 있겠습니다.

9. 죄책감이 심한 사람 : 내가 안 그랬어. 정말이야,
　　　　　　　　　　　 믿어줘.

10. 연기력이 뛰어난 사람 : 으악! 이게 무슨 냄새야?

남자가 여자를 보고 놀랄 때

4위 : 두 시간 전화 수화기 붙들고 있다가 끊으면서
       '자세한 건 만나서 얘기하자.'고 할 때

3위 : 평소에는 동작이 굼뜨다가도 백화점 세일 때는
       믿기 어렵게 빨라지는 몸동작

2위 : 평소 잘 잊어버리면서도 부부싸움 할 때는 별
       시시콜콜한 것을 다 들추어낼 때

1위 : 처음엔 빼더니 막상 먹기 시작하면 남들 다 일
       어났는데도 혼자 끝까지 남아 먹는 엄청난 식욕

클린턴이 대통령이었던 시절

힐러리에게 어지간히 설설 기었지!
힐러리가 클린턴에게 말했다.

힐러리 : 내 소원이 있는데… 당신이 대통령이니, 우
　　　　주 왕복선을 타고 싶어요.
클린턴 : 그건 절대 안 돼요.
힐러리 : 걱정 말아요……. 요즘에는 우주 왕복선이
　　　　임무를 마치고 무사히 지구로 귀환하잖아요.
클린턴 : 그러니까 절대 안 된다는 거요. 모든 왕복선
　　　　이 무사히 귀환한다는 데 문제가 있소. 편도
　　　　라면 몰라도…….

라면교의 실체

요즘 새로이 등장하여 무섭게 세력을 확장하고 있는 라면교에 대해서 알아보자.

Q 라면교의 주된 교리는 무엇인가요?

A 많은 것이 있으나 크게 세 가지를 지키고 믿으면 라면교라고 할 수 있습니다.

첫째로 부활의 신앙입니다. 끓는 물에 돌아가신 후 3분 만에 부활하신 기적을 믿는 것입니다.

둘째로 삼위일체입니다. 면발과 국물과 김치의 조화됨과 하나됨 입니다.

셋째로 사랑과 긍휼입니다. 주리고 가난한 자들을 위하여 희생하고 봉사하는 자세입니다.

Q 짜파게티님도 구주이십니까?

A 많은 종교 신학자들이 여전히 여기에 대하여 논쟁을 하고 있습니다. 부활과 사랑의 측면에서는 부합하나,

짜파게티경 5장에 보면 면이 끓으면 국물을 큰술 3술만 남기고 따라 버리라는 글이 나옵니다. 이것은 일부 근본주의 신학자들로 하여금 삼위일체를 부정한다는 증거로 쓰여지기도 하지만, 조심스러운 대부분의 신학자들은 '큰술 3술'에 남아 있는 깊은 뜻을 이해해야 한다고 생각하고 짜파게티님을 인정하고 있는 추세입니다.

Q 그렇다면 이단은 어떤 종파가 있습니까?

A 우선 부활신앙을 정면으로 부정하는 교파들이 있습니다. 다들 아시다시피 라면교의 초기에 있었던 '하이면'과 그 뒤를 잇고 있는 '생생짬뽕'과 '생생우동' 등 튀기지 않은 면발을 강조하는 부류입니다. 끓는 물의 고난을 부정하고 '생면'을 주장하는 대표적인 교파입니다.

또한 삼위일체의 부정이 있습니다. '비빔면'과 '모밀국수'가 대표적인 세력입니다. 이들은 국물을 다 따라 버리는 것도 부족하여 '냉수에 헹구는' 극악한 사탄의 무리가 아닐 수 없습니다. 게다가 부활신앙에 반하는 자들과 더불어 '액상 스프'라는 사도의 양념을 사용하고 있습니다. 한때의 깔끔한 맛에 유혹되어 영원한 지옥불이 기다리는 것을 모르는 자들이라 할 수 있습니다.

Q 컵라면님에 대하여 알고 싶습니다.

A 컵라면님은 배고프고 주린 자가 집에만 있는 것이 아니요, 노숙하는 자나 길 잃은 자를 위하여 냄비에서 스스로 나오신 성자이십니다. 이분께서는 비록 냄비라는 큰 틀에서 벗어나셨지만, 부활과 삼위일체와 사랑을 실천하시는 큰 성인이라 부를 수 있습니다. 그러나 구주이신 라면님과 착각하는 우를 범하여서는 안 되겠습니다. 특히나 일부 1,000원이 넘는 컵라면들은 주의를 가지고 살펴보아 사탄의 꼬임에 넘어가지 않는 안목을 길러야 하겠습니다.

Q 시중에서 라면님의 형상을 모방한, 교회에서 말하는 '적그리스도' 같은 존재가 있는데 이것의 실체를 규명해 주십시오.

A 그것은 '뿌셔뿌셔' 입니다.

인심 좋은 아빠

한 사우나 라커룸에서 모두들 옷을 갈아입느라 정신이 없는데 휴대전화가 울렸다.

내 옆에 있던 한 아저씨가 자연스럽게 받았다.

휴대전화 성능이 워낙 좋아 옆에 있어도 상대방 목소리가 쩌렁쩌렁 울려 통화 내용을 다 들을 수 있었다.

전화기 : 아빠, 나 MP3 사도 돼?

아저씨 : 어 그래~!

전화기 : 아빠, 나 새로 나온 휴대전화 사도 돼?

아저씨 : 그럼~!

전화기 : 아빠, 아빠, 나 오토바이 사도 돼?

옆에서 듣기에도 오토바이까지는 무리라고 생각을 했는데,

아저씨 : 너 사고 싶은 거 다 사.

부탁을 다 들어주고 휴대전화를 끊은 아저씨는 주위를 두리번거리며 외쳤다.

"이 휴대전화 주인 누구죠?"

남편이 필요한 존재라고 느낄 때

- 밤늦게 쓰레기 버리러 나가야 할 때

- 화장실에서 볼일 보고 났는데 화장지가 떨어졌다
  는 사실을 알았을 때

- 내가 좋아하지 않는 음식이 남아서 처치 곤란할 때

- 야한 비디오를 빌리거나 가져다줄 때

- 짐도 많은데 아이가 차 안에서 잠들었을 때

- 귤껍질을 벗겼는데 먹어보니 너무 시었을 때

여자와 무의 4가지 공통점

첫째, 속을 모른다.

둘째, 바람이 들면 버려야 한다.

셋째, 아랫부분이 맛있다.

넷째, 고추와 잘 버무려야 제 맛이 난다.

꿈이 야무지다

토마토 가족이 오랜만에 소풍을 갔다.

그런데 자꾸만 아기토마토가 장난을 치면서 뒤처지는 것이었다. 그러자 화난 아버지가 말했다.

"아가야! 빨랑빨랑 가자. 넌 커서 뭐가 되려고 그렇게 까부니?"

아기토마토가 대답하기를,

"케찹요."

이가 없으면 잇몸

두 할머니가 오랜만에 만나 서로의 안부를 물었다.

할머니1 : 그래 바깥어른은 잘 계시우?

할머니2 : 지난주에 죽었다우. 저녁에 먹을 상추를 뜯으러 나가다 심장마비로 쓰러졌어.

할머니1 : 저런 쯧쯧! 정말 안됐네. 그래서 어떻게 하셨수?

할머니의 질문이 끝나자마자,

"어쩌긴, 그냥 깻잎으로만 싸서 밥 먹었지."

죽이기 십계명

1. 꼬옥~ 껴안아주는 거야, 숨이 막혀 죽도록!

2. 맑고 깊은 내 눈에 그 애를 담는 거야, 그리고 익사
   시키는 거야!

3. 연락을 딱~ 한 달간 끊어보는 거야, 아마 애가 타
   서 죽을걸!

4. 가끔은 맘에 없는 말로 가슴 아프게 만들어 죽일
   수도 있지!

5. 매일 밤 전화로 날밤 새우게 하는 거야, 수면부족
   으로 죽게 하는 거지!

6. 뽀뽀를 쉬지 않고 해주는 거야, 숨이 막혀 죽도록!

7. 너무 너무 행복하게 만들어서 심장마비로 죽게 하는 거야!

8. 죽이게 맛있는 도시락을 싸들고 여행을 가는 거야. 그리고 먹이는 거야, 맛있어서 죽게!

9. 아무 노력 없이 죽이는 방법도 있지. 그 애는 그냥 두어도 상사병으로 죽을 테니까!

10. 오늘밤 소복에 칼 물고 소원을 비는 거야! 먼 훗날 그 애가 나와 함께 행복하게 죽을 수 있도록!

시골의 어느 할머니

시골의 어느 할머니가 돈을 찾기 위해 농협에 들렀다. 숫자를 모르는 할머니에게 아가씨가 물었다.

"할머니! 비밀번호는요?"

할머니는 아가씨 귀에 대고 조용히 '비둘기'라고 말했다. 아가씨가 몇 번을 물어도 할머니는 계속해서 '비둘기'라고 말하는 것이 아닌가.

아가씨는 결국 화를 내며 빨리 비밀번호를 대라고 했다. 그러자 할머니는 마지못해 한 마디 하셨다.

"9999!"

콩 글 리 시

- 신한국 창조 : 뉴 코리아 만지작만지작
- 바늘 도둑이 소 도둑된다 : 바늘 슬쩍맨 비컴 음매 슬쩍맨
- 돌고 도는 세상 : 트위스트 트위스트 월드
- 학교종이 땡땡땡 : 스쿨 벨 띠용띠용
- 서당개 삼 년이면 풍월을 읊는다 : 스쿨 도그 쓰리 이어 풍월 사운드
- 개천에서 용났다 : 도그 스카이에 드래곤 응애
- 3.1운동 : 쓰리 원 스포츠
- 암탉이 울면 집안이 망한다 : 우먼 치킨 꼬끼오 하 우스 폭삭
- 아~ 얼마나 감사한지 모르겠네! : 아~ 하우머치 땡큐 아이 돈 노!

운동하는 만득이

만득이가 몸이 허약해서 힘을 기르기 위해 헬스장을 찾았다. 만득이는 비실비실한 몸에도 불구하고 헬스 기구로 열심히 운동을 하고 있었다.

그때 인상이 더러운 근육질 사내가 다가오는 게 아닌가. 만득이는 신경 안 쓰고 계속 운동하고 있는데 그 남자가 비웃으며 말을 건넸다.

"너도 운동하냐!!"

앗! 성깔 있다고 자부하는 만득이가 그 말을 듣고 도저히 참지 못하고 대꾸하였다.

"아뇨, 실내환데요."

노인의 아들

그날도 변함없이 예수님이 죽은 자를 심판하고 있었다. 그때 낯익은 한 노인이 심판을 받으러 온 것이다. 예수님은 혹시 이승에서의 자기 아버지가 아닌가 하는 생각에 노인에게 물었다.

"당신은 아들이 있습니까?"

예수님의 말에 노인은 흔쾌히 대답했다.

"예, 그렇습니다."

"그렇다면 당신 아들의 특징을 한 번 말씀해 보시겠어요?"

"제 아들은 손과 발에 못 자국이 있습니다."

노인의 말에 예수는 감격의 눈물을 흘리며 말했다.

"흑…! 아버지 저를 보세요. 제 손과 발에는 못 자국이 있습니다."

그러자 아들을 찾았다는 기쁨에 노인이 눈물을 흘리며 말했다.

"흑… 정녕 네가 피노키오란 말이냐?"

공포 전화

　언제부턴가 영숙이네 집에 매일 밤 이상한 전화가 걸려왔다. 전화기에선,
　"여기는 화장터, 내 몸이 불타오르고 있다……."
라는 말만 되풀이되다가 '뚜뚜' 하고 끊겼다. 그러던 어느 날, 그날도 어김없이 밤 12시에 전화벨이 울렸다.
　'따르릉~ 따르릉~.'
　전화벨 소리에 놀란 영숙이네 가족들은 서로 눈치만 보고 있었다. 그러자 시골에서 올라오신 할머니가 전화를 받으셨다.
　"여기는 화장터, 내 몸이 불타오르고 있다……."
　계속되는 이 말을 듣고 계시던 할머니가 차갑게 한마디를 내뱉었다.
　"어이구 ~ 그놈의 주둥이는 언제 타는겨!!!"

바보 맞아?

우리 마을에 바보라고 불리는 소년이 있다.

동네 아이들이 이 바보 소년을 놀려주기 위해서 손바닥에 50원짜리 동전과 100원짜리 동전을 놓고서 맘대로 집어가라고 하면 이 소년은 항상 50원짜리 동전만을 집어간다.

어느 날 나는 소년의 머리를 쓰다듬어주면서,

"얘야! 50원짜리보다는 100원짜리가 더 크단다. 다음부터는 100원짜리를 잡으려무나."

하고 일러줬다. 이 말에 소년은 싱긋 웃으면서,

"아저씨 그건 저도 알아요. 하지만 제가 100원짜리를 집으면 싱거워서 다시는 그런 장난을 안 할 거예요. 그렇지요?"

"그렇겠지……."

"그럼 저는 돈을 못 벌잖아요."

공주병의 여섯 가지 증상

1. 세상의 모든 여자들한테 항상 미안하다. 내가 너무 예쁘니까!

2. 숲속에 들어가면 자고 싶어진다. 잠자는 숲속의 공주니까!

3. 경복궁에 가면 안방같이 편안하다. 내 집이니까!

4. 사과는 절대 먹지 않는다. 독이 들어 있을지 모르니까!

5. 키 작은 남자를 보면 나머지 6명은 어디 있느냐고 물어본다. 백설공주니까!

6. 아버지가 보고 싶을 땐 만 원짜리 지폐를 꺼내서 본다. 세종대왕의 딸이니까!

최고의 공주병 다섯 가지 스타일

1. 이순신 스타일
   나의 미모를 적에게 알리지 마라.

2. 안중근 스타일
   하루라도 예쁜 척하지 않으면 온몸에 닭살이 돋는다.

3. 맥아더 스타일
   미인은 죽지 않는다. 다만 사라질 뿐이다.

4. 나폴레옹 스타일
   내 사전에 추녀는 없다.

5. 갈릴레이 스타일
   그래도 나는 예쁘다.

고스톱 오륜

- 손에 들고 있는 오동 석 장 때문에 패가 말리고 피가 말라 고통스럽지만 기필코 '폭탄'을 터뜨리겠다는 일념 하에 꿋꿋이 들고 있으니 이것을 '인(仁)'이라 한다.

- 돈을 많이 잃은 친구가 이번에도 피박을 면치 못하자 그냥 모르는 척하고 피박 값을 안 받으니 이것을 '의(義)'라 한다.

- 오랜만에 손에 들어온 두꺼비 한 장을 바라보며 겉으로 기쁜 내색하지 않고 꼭꼭 숨겨두고 감사하는 마음을 가지니 이것을 '예(禮)'라 한다.

- 대박 터뜨리고 싶은 마음 간절하지만 '광 파는 게 남는 거다!'라는 철칙을 되새겨 아쉽지만 '죽었어!'라고 말하니 이것을 '지(智)'라 한다.

- '오고 가는 현찰 속에 싹트는 우리 우정' 이란 말이 있듯이 현찰 교환을 고스톱의 신조로 삼아 '나, 만 원짜리야.' 라며 거짓말을 하지 않으니 이것을 '신(信)' 이라 한다.

학과별 물에 빠진 사람 구하는 법

- 화학과 : 소금을 잔뜩 풀어놓으면 강물의 밀도가
  커져서 사람이 뜬다. 그때 사람을 구한다.

- 화학과 대학원 : 강물을 전기분해하면 산소와 수
  소로 분리된다. 그때 구한다.

- 건축학과 : 상류로 올라가 댐을 쌓는다.

- 광학과 : 오목거울과 볼록렌즈로 햇빛을 집중시켜
  강물을 증발시킨다.

- 지리학과 : 25,000:1 지도를 구해 수심이 얕은 곳
  을 찾아 물에 빠진 사람이 그쪽으로 떠
  내려올 때까지 기다린다.

- 항공학과 : 커다란 선풍기로 물에 빠진 사람을 건
  너편 강둑으로 날려보낸다.

- 의상학과 : 물먹는 하마를 엄청나게 많이 강에 넣
  는다.

- 교육학과 : 물에 빠진 사람에게 큰 소리로 수영하
  는 법을 가르쳐준다.

- 신학과 : 강물이 두 갈래로 갈라질 때까지 기도
  한다.

- 철학과 : 모든 사람은 죽는다. 그도 사람이다, 고
  로 그는 죽을 것이니 애써 구할 필요가
  없다.

자취생들의 변천사

1. 도둑
초급 : 도둑이 들어올까 항상 겁난다.
중급 : 주변에서 도둑맞는다는 사실이 멀게만 느껴진다.
고급 : 스스로 깨닫는다. 이 방에서 도둑이 값나가는 걸 찾는다는 것은 불가능하다는 사실을….

2. 열쇠
초급 : 열쇠를 항상 가지고 다닌다.
중급 : 열쇠를 특정한 곳에 두고 다닌다.
고급 : 열쇠를 종종 잃어버려 힐클라임의 명수가 된다. 가스 파이프 타고 올라가기, 담타기 등 도둑이 얼마나 쉽게 들어올 수 있는가를 스스로 깨닫게 된다.

3. 김치

초급 : 김치가 넉넉히 있다.

중급 : 아무리 오래된 김치라도 먹을 수 있는 기술이
생긴다.

고급 : 김치 국물을 가지고 피 터지는 전쟁을 한다.

4. 요리

초급 : 보통 사람들이 먹는 요리를 먹는다.

중급 : 라면과 김치만으로 100가지가 넘는 요리를 구
사한다.

고급 : 희한한 메뉴가 등장한다.

- 쌈밥 : 쌈장+밥

- 계란밥 : 날계란+밥

- 라면밥 : 라면스프+밥

- 간장밥 : 간장+밥

- 소금밥 : 소금+밥

5. 설거지

초급 : 생길 때마다 바로 한다.

중급 : 차일피일 미루다가 벌레가 보이면 설거지를 한다.

고급 : 친구 하나를 물색한 다음, 저녁을 먹이고 시킨다.

6. 싫은 친구

초급 : 놀러오면 다 좋다.

중급 : 안 씻는 애, 코 고는 애….

고급 : 밥 많이 먹는 애.

달라진 속담

1. 못 올라갈 나무는 사다리 놓고 오르라.
2. 작은 고추는 맵지만, 수입 고추는 더 맵다.
3. 버스 지나가면 택시 타고 가라.
4. 젊어서 고생 늙어서 신경통이다.
5. 예술은 지루하고 인생은 아쉽다.
6. 불과 물이 동시에 작용하는 것은? 촛불
7. 육군은 산에서 죽고, 해군은 바다에서 죽고, 공군은 하늘에서 죽는다. 그럼 방위는? 쪽 팔려 죽는다.
8. 호랑이한테 물려가도 죽지만 않으면 산다.
9. 윗물이 맑으면 세수하기 좋다.
10. 고생 끝에 병이 든다.
11. 아는 길은 곧장 가라.
12. 서당개 삼 년이면 보신탕감이다.
13. 길고 짧은 것은 대봐도 모른다.

감기와 한국 정치의 공통점

1. 머리가 지끈지끈 아프다.

2. 증상이 심한 경우 헛소리를 자주한다.

3. 특별한 치료약이 없다.

4. 사람들이 경계한다.

5. 쉬는 게 최고이다.

바람둥이 남편과 아내

　바람둥이인 여자가 결혼을 했다. 신혼여행을 가 뜨거운 첫날밤을 지낸 여자가 신랑에게 물었다.

　"자기, 나 말고 다른 여자 있었지? 많았지?"

　역시 바람둥이였던 남자는 깜짝 놀랐지만 시치미를 뗐다.

　"아니, 나는 당신이 첫 여자야."

　여자는 화난 얼굴로 다시 물었다.

　"거짓말하지 마. 어떻게 여자가 없었는데 이렇게 능숙할 수 있어?"

　신부의 말에 신랑은 잠시 침묵하더니 낮은 목소리로 물었다.

　"그러는 당신은 어떻게 내가 능숙한 줄 알았지?"

파안대소(破顔大笑)
바이러스

성적 올리는 방법

- 채소가게 자식은? 쑥쑥 올린다.

- 점쟁이 자식은? 점점 올린다.

- 한의사 자식은? 한방에 올린다.

- 성형외과의사 자식은? 몰라보게 올린다.

- 구두닦이 자식은? 반짝하고 올린다.

- 자동차 외판원 자식은? 차차 올린다.

- 부동산 중개인 자식은? 불붙기 전에 올린다.

- 백화점 사장 자식은? 파격적으로 올린다.

- 총알택시 기사 자식은? 따블로 올린다.

- 배추 농삿집 자식은? 포기(?)한다.

- 목욕탕집 자식은? 때를 기다린다.

아이 낫 씨유!

I not see you? - 아이 낫씨유?

Why not see you? - 왜 낫씨유?

Not go see for not see you! - 낫코 시퍼 낫씨유!

I love you see you! - 나는 당신을 사랑해씨유!

So, I do not see you! - 그래서 아이두 낫씨유!

I go back hat see you! - 내가 고백해씨유!

Yes, I help you. - 그려유, 나 헤퍼유.

This no are you. - 이거 노아유.

There go see you. - 저리 가시유.

Where up are you? - 어디 아파유?

My mind do up are you. - 나의 마음도 아파유.

Live is yes you. - 사는 게 그래유.

No life in go zoo. - 인생무상인 거쥬.

I do meet her you. - 나두 미쳐유.

여자들의 착각

1. 자기보다 예쁜 여자를 보면 성격이 나쁠 거라고 생각한다.

2. 고만고만한 친구들 사이에서 자기가 제일 예쁜 줄 안다.

3. 아양 떨면 다 귀여워 보이는 줄 안다.

4. 남자가 먼저 말 걸면 자기한테 관심 있는 줄 안다.

5. 자기들은 절대 아줌마가 안 될 줄 안다.

6. 어쩌다 사진 잘 나오면 자기가 제일 예쁜 줄 안다.

아내의 복수

한 부부가 부부싸움을 하고 나서 말 한 마디 하지 않고 냉전 중이다. 다음날 아침 일찍 일어나야 하는 남편이 벽에다 쪽지를 남겼다.

'나 내일 회사에 회의가 있으니까 일찍 깨워줘.'

다음날, 남편은 깜짝 놀라 일어났다. 회의가 있는 날인데 그만 늦잠을 자고 만 것이었다.

너무 화가 난 남편이 아내에게,

"왜 깨우지 않았어!!!"

라며 노발대발했다. 그러자 아내는 벽을 가리켰다.

남편이 남긴 쪽지 옆에 다른 쪽지가 붙어 있었다.

'일어나~ 시간 됐어.'

그걸 왜 몰랐을까

평생을 독신으로 사신 할아버지가 놀이터 의자에 앉아 있는데 동네 꼬마들이 몰려와 옛날이야기를 해달라고 졸랐다.

그러자 할아버지는 조용히 이야기를 시작했다.

"얘들아, 옛날에 어떤 남자가 한 여자를 너무너무 사랑했단다. 그래서 그 남자는 용기를 내어 여자에게 결혼해 달라고 프러포즈를 했지. 그러자 그 여자는 '두 마리의 말과 다섯 마리의 소를 갖고 오면 결혼하겠어요.' 이렇게 이야기를 했단다. 남자는 그 뜻을 알 수가 없었고, 두 마리의 말과 다섯 마리의 소를 사기 위해 열심히 돈을 벌었지만 여자와 결혼을 할 수가 없었어. 결국 남자는 혼자 늙어가면서 오십 년이 흘러 할아버지가 되고 말았단다. 그리고 아직까지도 그 남자는 그 여자만을 사랑하고 있지."

할아버지의 이야기에 귀 기울이고 있던 한 꼬마가,

"에이~~!"

라며 대수롭지 않게 말했습니다.

"할아버지, 두 마리의 말이랑 다섯 마리 소면 '두말 말고 오소.' 라는 뜻 아니에요?"

아이의 말에 갑자기 할아버지는 무릎을 치더니,

"오잉? 그렇구나! 그런 뜻이었구나! 아이고, 내가 그걸 왜 몰랐을까? 아이고, 벌써 오십 년이 흘러버렸네. 아이고 아이고~~!!!!"

생물학 시간에

모 여대의 생물학 시간에 교수가 여학생에게 물었다.

"학생, 환경의 변화에 따라 크기가 평소보다 여섯 배로 확대되는 인체의 장기가 무엇인지 말할 수 있나?"

이 질문에 놀라 얼굴이 빨갛게 달아오른 여학생이 차가운 목소리로 대답했다.

"교수님, 여학생에겐 적합한 질문이 아니라고 생각합니다. 뼈대 있는 집안에서 조신하게 성장한 저로서는 대답을 드릴 수 없어요."

그 말을 들은 교수는 다른 여학생에게 똑같은 질문을 했다. 그 여학생이 일어나 또박또박 대답했다.

"어두워졌을 경우 눈의 동공입니다."

"맞아요!"

라고 교수가 대답하더니 처음의 여학생을 향해 말했다.

"학생! 학생에게 지적할 세 가지가 있어요. 첫째 학생은 예습을 하지 않았고 둘째, 엉뚱한 상상을 했으며 셋째, 학생은 언젠간 지독한 실망(?)을 하게 될 거예요."

값진 것

　젊은 부부가 아기를 데리고 쇼핑을 나왔다.
　아기를 유모차에 태우고 다니다가 잠시 쇼핑센터 옆에 다른 유모차와 세웠다.
　쇼핑이 끝나고 남편은 아내가 밀고 있는 유모차를 보고 깜짝 놀랐다.
　남편 : 여보 우리 아이가 아니잖소?
　아내 : 쉿! 조용히 해요. 이 유모차가 훨씬 더 고급이란 말이에요.

게으름뱅이 입상자

- 3등 : 다음 주에 다시 수술한다고 환자의 수술한 곳을 열어놓은 채로 놓아둔 외과의사.
- 2등 : 어차피 벗을 것을 예상하고 집에서부터 옷을 벗고 동네 공중목욕탕에 가는 아저씨.
- 1등 : 강도한테 '손들지 않으면 쏜다' 라는 소리를 듣고도 귀찮아서 손을 들지 않아 총에 맞아 죽은 은행원.

지렁이와 토끼의 경주

Q 토끼와 지렁이가 달리기를 했는데 토끼가 졌다. 왜 졌을까?
A 지렁이가 100m 지렁이여서.

Q 불공평하다고 생각한 토끼가 지렁이에게 서서 달리기 하라고 말했다. 그래도 토끼가 졌다. 이유는?
A 지렁이가 넘어져서.

불공평한 우리 아빠

아버지 : 썰렁아, 2에 2를 더하면 4다. 그러면 4에 4
　　　　를 더하면 몇이지?
썰렁이 : 그건 공평하지 못해요.
아버지 : 그게 무슨 말이니?
썰렁이 : 아버지는 언제나 쉬운 것만 풀고 나는 어려
　　　　운 것만 풀라고 하시잖아요.

충청도 부부의 대화

충청도 부부가 마주보며 앉았다.

남편 : 잘껴?

부인 : 할껴?

한참 후….

남편 : 좋은겨?

부인 : 한겨?

주정뱅이 남편의 실언

주정뱅이 남편이 새벽 4시쯤 집에 들어왔다. 아내는 남편이 다른 여자와 바람을 피운 뒤 들어왔다고 생각했기 때문에 화가 머리끝까지 올라 연신 바가지를 긁어댔다. 남편은 억울해 하며 증거를 댔다.

"아니야, 여보! 맹세할게. 난 계속 술집에 있었어. 어찌나 화려하고 고급 술집인지 소변기까지도 금으로 도금했더라고. 거기서 술만 마셨어."

아내는 믿을 수가 없어서 남편이 말한 술집에 전화를 걸었다.

"제 남편이 밤새 그 술집에서 술을 마셨다고 주장하는데, 한 가지 물어볼 게 있어요. 화장실에 있는 소변기도 금으로 도금했나요?"

잠시 뒤 아내는 전화기를 통해 주인이 다른 사람에게 하는 소리를 들었다.

"블루스 박, 이제야 범인을 잡은 것 같아. 자네 색소폰에 오줌 눈 사람 말이야."

채용

　사장이 여비서 채용에 응모한 아리따운 여성들에게
물었다.
　"남자는 입이 하나인데 여자는 입이 둘이라고 합니
다. 어떻게 다른가요?"
　응모여성1 : 하나는 위에 하나는 아래에 달려 있습
　　　　　　　니다.
　응모여성2 : 하나는 가로로 하나는 세로로 나 있습
　　　　　　　니다.
　응모여성3 : 하나는 주위가 깔끔하고 하나는 털이 수
　　　　　　　북합니다.
　응모여성4 : 하나는 내 것, 하나는 사장님 것.
　결론은, 여성4가 채용되었다.

열혈 축구팬

축구광인 한 남자가 잉글랜드 프리미어리그 티켓을 어렵사리 구하고 경기장에 들어왔다. 그러나 자리가 너무 뒤쪽이라 잘 보이지 않았다. 그 남자는 혹시 앞줄에 빈자리가 있나 찾아보던 중 한 자리가 비어 있는 것을 발견했다. 그리고는 곧바로 그 자리로 가서 옆자리의 신사에게 물었다.

"혹시 이 자리 비었나요?"

"예."

신사의 시원스런 대답에 남자는 신이 나서 앉으며 말했다.

"누가 이렇게 좋은 자리를 놔두고 안 왔지요?"

"우리 마누라 자리예요. 우린 결혼할 때부터 매일 함께 축구를 보러왔죠. 그런데 마누라가 죽고 말았어요."

"저런, 그럼 친구나 가족과 함께 오시지 그랬어요?"

남자가 잠시 뜸을 들인 후 다시 물었다.

"모두 마누라 장례식에 갔습니다."

변장 훈련

변장 훈련 도중 나무줄기로 변장해 있던 병사 하나가 갑작스럽게 움직이다가 훈련 감독에게 들키고 말았다.

훈련 장교가 소리쳤다.

"이 바보 같은 놈! 네놈 하나가 움직임으로 인해 전 부대원의 목숨이 위태로워진다는 것을 모르나?"

병사가 잘못을 시인하며 대답했다.

"알고 있습니다. 하지만 저도 한 마디 하게 해주십시 오. 비둘기 떼들이 저를 목표물로 삼아 공격을 할 때도 참을 수 있었습니다. 커다란 개 한 마리가 바지에다 오 줌을 눌 때도 저는 참았습니다. 하지만 다람쥐 두 마리 가 제 바짓가랑이를 타고 올라와 그 중 큰 놈이 '우리, 하나는 지금 먹고 다른 하나는 겨울을 대비해서 저장 해 놓자.'는 말을 들었을 때는 더 이상 참을 수가 없었 습니다."

비유법

초등학교 국어시간에 한 여선생님이 학생들에게 비유법에 대해 설명하고 있었다.

선생님 : 예를 들면, '우리 담임선생님은 김태희처럼 예쁘다.'는 바로 비유법이에요.

그러자 한 학생이 손을 번쩍 들고 말했다.

학생 : 선생님! 제가 알기로는 그건 과장법인데요…….

아버지와 아들

　서울로 유학온 맹구는 하도 헤프게 용돈을 써서 금세 바닥이 나버렸다. 하는 수 없이 시골에 계신 아버지한테 편지를 썼다.

　아버님!
　죄송합니다. 아무리 아껴 써도 물가가 많이 올라 생활비가 턱없이 모자랍니다. 죄송한 마음으로 글을 올리니 돈 좀 조금만 더 부쳐주십시오.
　※ 추신 : 아버님! 돈을 부쳐달라는 게 정말 염치없는 짓인 것
　　　　　같아 편지를 다시 회수하기 위해 우체통으로 열심히
　　　　　달려갔습니다만, 제가 도착하기도 전에 이미 집배원이
　　　　　편지를 걷어가 버렸더라고요!

　며칠 후 맹구 아버지에게서 답장이 왔다.

　맹구야, 걱정마라. 네 편지 못 받아보았다.

당황과 황당의 차이

◆ 화장실에서 ◆

화장실에서 힘을 줬을 때 가스만 나오면 당황스럽지만 화장실을 나온 후 가스라고 생각하고 힘을 주었는데 건더기가 나오면 황당하다.

◆ 고속도로에서 ◆

티뷰론을 타고 고속도로에서 속도를 높이며 달리는데 스쿠프가 추월하면 당황스럽고 티코에게 추월당하면 황당하다.

◆ 음식점에서 ◆

돌솥비빔밥을 먹다가 돌이 나오면 당황스럽지만 칼국수를 먹는데 칼이 들어 있으면 황당하다.

◆ 신혼여행 가서 ◆

호텔에 갔는데 웨이터가 그에게 아는 척하면 당황스럽지만 그녀에게도 아는 척하면 황당하다.

◆ 마지막으로(여자의 경우) ◆

트럭 뒤에서 쪼그리고 앉아 볼일을 보는데 트럭이 앞으로 가버리면 당황스럽지만 트럭이 뒤로 오면 황당하다.

놀부와 스님

놀부가 대청마루에 누워 낮잠을 자고 있었다.

그때 한 스님이 찾아와서 말했다.

"시주받으러 왔소이다. 시주 조금만 하시죠."

놀부는 코웃음을 치며 스님에게 빨리 눈앞에서 사라지라고 말했다. 그러자 스님은 갑자기 눈을 감고 불경을 외우기 시작했다.

"가나바라…… 가나바라…… 가나바라……."

놀부가 그것을 듣고는 잠시 눈을 감고 생각하더니 뭔가를 계속 말하기 시작했다.

"주나바라…… 주나바라…… 주나바라……."

출구 봉쇄

대형 쇼핑센터에 심야 시간 도둑이 들었다는 연락을 받고 기동대가 비상 출동하여 황급히 출구를 전부 봉쇄했다. 그러나 도둑은 거미줄같이 삼엄한 경계망을 뚫고 유유히 사라져버렸다.

타격대장 : 아니 어떻게 했기에 놓쳤어! 출구를 다 막으라고 했잖아!!

대원 : 출구는 분명히 다 막았습니다. 근데 아, 글쎄 그놈이 입구로 도망가 버렸지 뭡니까?

열 번째 아이

　노부부가 결혼 75주년을 자축하는 우아한 저녁 식사를 하고 있었다. 남편이 부인에게 기대며 부드럽게 말했다.

　"여보, 당신한테 꼭 물어보고 싶은 것이 있소. 나는 열 번째 아이가 다른 아이들과 전혀 닮지 않은 것이 언제나 마음에 걸렸다오. 나는 알아야겠소. 그 아이의 아버지는 다른 사람이지?"

　고개를 떨어뜨리고 남편을 똑바로 바라보지 못하던 부인은 잠시 멈췄다가 고백했다.

　"맞아요, 그 아이의 아버지는 따로 있어요."

　남편이 몸을 부르르 떨며 눈물 가득한 눈으로 물었다.

　"누구지? 그 사람이 누구야? 아이 아버지가 누구야?"

　다시 아무 말도 못 하던 부인은 곧 용기를 내서 남편에게 진실을 이야기하기로 결심했다.

　그리고 마침내 그녀가 말했다.

　"당신이에요."

교관과 훈련병

논산훈련소 어느 가을.

교관이 훈련병들에게 말했다.

"너희들은 이제 더 이상 사회인이 아니다! 앞으로 사회에서 쓰던 말투는 여기서 모두 버린다, 알았나! 모든 질문에 대한 대답은 '다' 와 '까' 로 끝을 맺는다. '예, 그렇습니다.' '저 말씀이십니까?' 등과 같이 말이다. 모두 알아듣겠나?"

훈련병 A가 대답했다.

"알았다!"

교관이 말했다.

"이런 정신 나간 녀석, 여기가 사회인 줄 아나! 모든 질문의 끝은 항상 '다' 와 '까' 로 끝난다!!! 무슨 소린지 알아듣겠나?"

그러자 훈련병 A가 다시 대답했다.

"알았다니까!!!"

경찰의 애원

어느 겨울 추운날 밤,

다리에서 뛰어내리려는 사내를 경관이 난간에서 끌어내리며 설득하기 시작했다.

"제발 내 사정 좀 봐줘요. 당신이 뛰어내리면 나도 뒤따라 뛰어들어야 해요. 이렇게 추운 날 밤에 물속으로 뛰어들었다가는 구급차가 오기도 전에 얼어 죽을지도 모를 일 아닙니까? 게다가 나는 수영도 잘 못하니 빠져 죽을지도 몰라요. 그리고 난 마누라와 자식이 다섯이나 딸린 몸이란 말이오. 그러니 제발 나를 생각해서 집에 가서 목을 매고 죽어달란 말이오."

삼국시대

국사 시간에 사오정이 꾸벅꾸벅 졸고 있었다.
국사 선생님이 사오정에게 질문을 했다.
"야, 사오정! 삼국은 어디, 어디, 어디야?"
옆에 있던 병팔이가 귓속말로 얘기했다.
"고구려, 백제, 신라."
벌떡 일어난 사오정이 자신 있게 대답했다.
"고구마(고구려), 백개(백제), 심자(신라)."
그러자 선생님의 불호령이 떨어졌다.
"아니 이런 얼간이가 있나?! 너 혼나야 알겠냐!"
사오정이 다시 대답했다.
"배째(백제)실라(신라)고그래(고구려)요?"
선생님이 고개를 갸우뚱거리며 중얼거렸다.
"이번엔 맞게 대답한 것 같은데……."

당황하다 보면

가정집에서 불이 났다.
놀란 아버지가 당황한 나머지,
"야야~!!! 119가 몇 번이여~!!!!"
하고 소리치자, 옆에 있던 외삼촌이 소리쳤다.
"매형! 이럴 때일수록 침착하세요! 114에 전화해서
물어봅시다!"

.

한국 여성들의 결혼관

1. **가난한 여자** : 우리 집이 가난하니 부자 남자 만나 집안을 일으켜야 한다.
2. **중산층 여자** : 우리 집은 먹고 살 만하니 우리 집보다 더 잘사는 남자를 만나 편하게 살아야 한다.
3. **상류층 여자** : 우리 집은 상류층, 당연히 남자 쪽도 상류층.
4. **못 배운 여자** : 나는 못 배웠으니 남편이라도 많이 배우고 돈 잘 버는 남자 만나야 한다.
5. **대충 배운 여자** : 나보다는 더 배운 남자를 만나야 한다.
6. **많이 배운 여자** : 나는 많이 배웠으니 남자도 나 이상 배운 사람을 만나야 한다.

맹구의 고민

　대학생이 된 맹구는 머리숱이 너무 없어 우울증에 빠져 있었다. 그래서 아르바이트로 열심히 돈을 벌어 머리카락을 심기로 결심했다.

　무려 2년 동안이나 열심히 모은 돈을 다 털어 머리카락을 심었다. 이제 미남이 되었다는 자아도취에 빠진 맹구. 자연스럽게 움츠렸던 어깨도 펴고 싱글벙글하며 집으로 들어갔는데……

　몰라보게 변한 아들을 보고서 어머니 하시는 말씀!

"애야, 너 영장 나왔어!"

착한 거북이

메뚜기가 강을 건너려고 하는데 강물이 너무 깊어서 엄두를 못 내고 있었다.

그때 착한 거북이가 나타났다.

"얘! 걱정 마, 내가 태워줄게."

"정말? 고마워!"

메뚜기는 거북이 등에 타고 무사히 강을 건넜다.

그때 개미 한 마리가 강을 건너지 못해 쩔쩔 매고 있는 것이 보였다.

착한 거북이가 또 나서며 말했다.

"얘! 걱정 마, 내가 태워줄게."

그런데 거북이 옆에서 숨넘어갈 듯 쓰러져 있던 메뚜기가 말했다.

"헉헉, 야 타지마! 쟤 잠수해!"

가게들의 경쟁

경기가 많이 불황인지라 나란히 인접한 옷가게 세 곳에서 경쟁이 붙어 나름의 판촉 문구를 정성껏 붙여 놓았다.

제일 왼쪽 옷가게 : '폭탄 세일! 왕창 세일!!'
제일 오른쪽 가게 : '핵폭탄 세일!! 와장창 세일!!!'
다음날 아침 가운데 가게에 붙은 글 : '여기가 입구!'

스님과 중학생

유명한 서울 어느 사우나.

스님이 묵은 때를 열심히 벗기다 등이 가려워 옆에 있던 중학생에게 등 좀 밀어달라고 부탁했다.

그러자 그 중학생이 말했다.

"대체 뉘신데 저한테 등을 밀라고 하십니까?"

"나, 중이야."

그러자 그 중학생이 갑자기 벌떡 일어나더니 큰 소리로 외쳤다.

"난 중삼이야!! 어디서 감히~!"

더 퍼주세요

유명 아이스크림 가게에 조폭처럼 무섭게 생긴 아저씨 고객이 나타났다. 팔등신의 미모를 자랑하는 영희가 정중하게 고객을 맞이했다.

"어서 오세요, 고객님! 어떤 종류로 하시겠어요?"

"(퉁명스럽게) 바닐라 주세요!"

"(아이스크림을 정성껏 용기에 담아 건네며) 네~ 여기 있습니다, 고객님~!"

"더 퍼주세요!"

순간 고객의 난폭함에 당황한 영희, 그래도 미소를 잃지 않고 조금 더 퍼서 얹어주며,

"여기 있습니다, 고객님~!"

"더 퍼달라니까요!"

이제 많이 당황한 영희가 좀 더 퍼 담으며,

"네~ 고객님. 아주 많이 퍼서 얹어드렸어요."

아저씨가 버럭 화를 내며 말했다.

"아니~ 뚜껑 덮어달라니까요!!"

사오정의 불면

깊은 밤, 아담한 단독주택에서 곤히 잠이 든 사오정이 옆집 개가 하도 심하게 짖어대는 바람에 그만 잠에서 깨고 말았다.

견디다 못한 오정은 잠옷 바람으로 밖으로 뛰쳐나갔다.

잠시 후 돌아온 오정은 아내에게 자랑스럽게 말했다.

"헉헉~ 옆집 개를 겨우 잡아다가 우리 집 마당에 매 놨어. 옆집 사람들 말이지, 자기들 옆집에서 개가 짖어대면 얼마나 괴로운지 한 번 당해 봐야 돼!"

왜 안 달아요

어느 대학교 생물학 시간에 교수가 남자의 정액 성분
에 대해 강의를 하고 있었다.

"남자의 정액에는 정자가 움직일 수 있도록 점액질과
여러 가지 영양 성분이 있습니다. 예를 들어 포도당, 맥
당, 단백질 등……."

그러자 한 여학생이 질문했다.

"교수님, 그런데 왜 안 달아요?"

발상의 전환

 가난했던 두 친구가 있었다. 두 사람은 오랜만에 만나게 됐는데 한 친구가 큰 부자가 되어 있었다.

 "햐, 자네! 정말 반갑네."

 "어이쿠, 자네는 어떻게 그리도 성공을 했나?"

 "별건 아니고 거시기에 바르면 바나나향이 나는 향수를 발명했거든."

 "오! 그렇군."

 그리고 헤어진 둘은 1년 후 다시 만났는데 놀랍게도 부자였던 친구보다 가난했던 친구가 더 큰 부자가 되어 있는 것이었다.

 "자네! 어떻게 된 거야? 나보다 훨씬 좋아보이는군."

 그러자 친구가 말했다.

 "하하! 자네 아이디어를 좀 빌렸어. 바나나에 바르면 거시기 냄새가 나는 향수를 발명했다네!"

마누라의 유혹

유혹 1

끈질기다. 오늘도 농염한 포즈로 이불 속을 파고든다.

마누라 : 여보야~, 오늘도 죽여줄게.

남편 : (목소리 엄청 깔면서) 고마해라. 이제 마이 묵었
다 아이가.

유혹 2

영화관에 가자고 해서 따라갔더니 에로물이다. 무지
찐하다. 죽여준다.

마누라가 손을 아래로 내리더니 은근슬쩍 내 손을 잡
는다.

마누라 : 여보~, 손에 땀나지?

남편 : (옆자리 눈치 봐가며) 분위기 깬다. 셋 셀 동안
손 떼라. 하나, 둘…….

유혹 3

아침 밥상이 오랜만에 화려하다. 간만에 신경 써서 차린 듯하다. 한 숟가락 뜨려는데 묘한 표정을 지으며 말한다.

마누라 : 그러게, 당신이 하기 나름이라니깐~.

남편 : (밥상을 엎어버릴 듯이 오버하며 고함을 친다) 내가 쇠꼬챙이냐?

유혹 4

요즘 유행하는 망사 속옷 샀다며 자랑을 한다. 거의 그물 수준이다.

걸쳐입고 오더니 귓속에다 속삭인다.

마누라 : 어때? 여보~! 오늘 밤 끝내줄까?

남편 : (무덤덤하게 아래위로 한 번 훑어보더니) 고기 잡으려면 손전등 들고 나가거라.

유혹 5

연예인 마약 복용 사건이 터졌다. 평소엔 읽지도 않던 신문을 독파한다. 잠자러 이불 속으로 들어오더니 내 눈치를 보며 말한다.

마누라 : 나도 최음제 한 번 먹어볼까?

남편 : (입 벌리고 초점 잃은 눈으로 천장만 쳐다보며) 난 수면제 갖다줘.

실망한 남편

만삭이 된 아내가 물었다.

"여보, 당신은 딸이 좋아요, 아니면 아들이 좋아요?"

"아무렴 어때? 튼튼하게 잘 자라주기만 하면 되지."

그렇게 말하면서도 남편은 '날 닮은 아들이었으면' 하고 은근히 바라고 있었다. 그런데 아내가 그만 딸을 낳았다. 아내가 아기의 귀여운 모습을 바라보며 남편에게 물었다.

"눈이랑 코, 입술 좀 보세요. 모두 당신을 쏙 빼닮았어요. 그렇죠?"

적잖이 실망한 남편은 이렇게 대꾸해 버렸다.

"하지만 진짜 중요한 부분은 당신을 닮았는걸."

벙어리 부부 신혼여행

벙어리 부부가 신혼여행을 갔다.

방에서 신부가 수화로 물었다.

"당신 콘돔 가지고 왔어요?"

"아참, 그걸 깜박 잊었군."

"그것 없인 싫어요."

"하지만 약국에 가서 어떻게 설명하지?"

"간단해요. 약국까지 갈 필요 없이 프런트에 가서 당신 물건을 보여주고 1만 원을 꺼내세요. 그 사람들은 경험이 많아서 당신이 뭘 원하는지 금방 알 거예요."

신랑은 옷을 입고 나갔다가 한참 후에 시무룩한 얼굴로 돌아왔다.

신부가 물었다.

"가지고 왔어요?"

"아니."

"제가 시킨 대로 했어요?"

"응."

"그래서 어떻게 됐어요?"

"응. 프런트에 가서 1만 원을 올려놓고 내 물건도 꺼냈지. 그런데 안내인도 나처럼 1만 원을 꺼내더니 자기 물건도 끄집어내지 않겠어?"

"그래서요?"

신부가 의아한 눈초리로 물었다.

"걔 물건이 내 것보다 컸어. 그래서 걔가 2만 원 몽땅 가지고 갔어."

국회의원과 코털의 공통점

1. 뽑을 때 잘 뽑아야 한다.

2. 잘못 뽑으면 후유증이 오래간다.

3. 지저분하다.

4. 좁은 공간에서 많이 뭉쳐 지낸다.

5. 안에 콕 박혀 있는 것이 안전하다.

6. 더러운 곳을 파다보면 따라 나올 때도 있다.

7. 하나를 잡았는데 여럿이 딸려서 나오는 경우도
   있다.

건설업자의 항변

악덕 건설업자가 염라대왕 앞에 섰다.

염라대왕 : 넌 지옥 1~5호 중에 한 곳을 간다. 여기가
　　　　　지옥 1호다. 어떠냐?

어차피 각오한 지옥행, 의외로 깔끔하고 럭셔리한 것
이 아주 마음에 들었다.

악덕 건설업자 : 더 볼 것 없이 그냥 1호로 하겠습니다.

잠시 후 막상 지옥 1호에 입주하고 보니 그야말로 아
비규환 지옥이다.

악덕 건설업자 : 아니, 좀 전에 본 것과는 너무 다르
　　　　　　　 잖아요! 이건 사기입니다. 사기!
염라대왕 : 그건 모델하우스였다.

세 노인

할아버지 셋이서 푸념을 늘어놓았다.

첫 번째 할아버지 : 난 손이 어찌나 떨리는지 오늘 아
침에 면도를 하다 하마터면 귀를
잘라버릴 뻔했구먼.

두 번째 할아버지 : 난 손이 어찌나 떨리는지 오늘 아
침에 식사를 하면서 커피를 반이
나 토스트에 엎질러버렸지 뭐예요.

세 번째 할아버지 : 난 손이 어찌나 떨리는지 오늘 아
침에 소변 누러 갔다가 거기가 벌
떡 일어난 거 있죠.

정신병원에서 생긴 일

　정신병원에 환자 한 명이 새로 왔다.

　증상은 알록달록한 우산을 쓰고 풀밭에 꼼짝 않고 앉아 있는 것이었다. 병원 원장이 그 마음을 열고자 알록달록한 우산을 쓰고 3일 동안 꼼짝 않고 앉아 있었다.

　이렇게 3일이 지나자 환자가 드디어 고개를 돌리며 말했다.

　"너도 버섯이니?"

넌 누구냐

미숙이는 학교 가기가 싫어서 엄마 목소리를 흉내 내며 선생님에게 전화를 걸었다.

"선생님이세요? 미숙이가 몸이 너무 아파서 오늘 학교를 못 갈 것 같습니다."

선생님이 되물었다.

"아 그러세요? 그런데 전화하시는 분은 학생과 어떻게 되세요?"

그러자 미숙이는 회심의 미소를 지으며 대답했다.

"예, 우리 엄마입니다."

조 삼 모 사

뚱뚱한 아가씨가 피자집에서 피자를 주문했다.
주문을 다 받은 직원이 물었다.
"여섯 조각으로 잘라드릴까요, 여덟 조각으로 잘라드
릴까요?"
그러자 아가씨 왈,
"여섯 조각이요~, 지금 다이어트 중이거든요."

황당 메모

주차장에 차를 꺼내러 갔더니 내 차 뒤에 다른 차가 주차되어 있었다.

그 차가 빠져야 내 차를 꺼낼 수 있어서 연락처를 찾아보니 앞유리에 연락처가 적혀 있었는데 그걸 보는 순간 전화를 해야 할지 말아야 할지 고민이 되었다.

연락처 : ZERO1ZERO다시칠천오백90SEVEN국에 FOUR천삼백20칠 번으로 연락주시면 2시간 후 신속하게 빼드리겠습니다. 전화를 안 받으시 올 때까지 기다려주시면 고맙겠습니다.

아버지의 충고

한 노인이 외과의사인 아들에게 수술을 받기 위해 수술대에 누웠다. 아들이 수술을 잘하도록 하기 위해 그 아버지가 말하기를,

"아들아, 이렇게 생각해 봐라. 만에 하나 나에게 무슨 일이 생기면 너네 엄마는 너랑 같이 살아야 한단다."

연애와 마케팅 이론

파티에서 아주 멋진 그녀를 만났을 때 건네는 말과 행동에 따라 본 연애와 마케팅 이론.

다이렉트형 : 직접 그녀에게 다가가서 자신이 부자라 며 결혼해 달라고 하는 경우.

광고형 : 친구가 대신 그녀에게 '저 친구 무척 부자입 니다. 그와 결혼하세요!' 라고 했을 경우.

텔레마케팅형 : 그녀에게 전화번호를 받은 다음날 전 화해서 '저 무척 부자예요. 저와 결혼 해 주세요!' 라고 하는 경우.

브랜드파워형 : 그녀가 먼저 다가와서 '당신 엄청 부 자라면서요?' 라고 할 경우.

스톡옵션형 : 그녀에게 자신이 부자라고 했지만, 수 중엔 달랑 복권 한 장만 있을 때.

분식회계형 : 그녀에게 부자임을 내세워 프러포즈했 지만 당신에게는 오직 신용카드와 빚이 남겨져 있을 경우.

아내의 질문

너무나 무뚝뚝한 남편 때문에 고민하던 젊은 아내가 하루는 남편의 질투심을 유발시키기 위해서 물었다.

"자기야! 만약에 내가 자기랑 회사에서 제일 친한 사람하고 바람을 피우면 뭐라고 할 거야?"

뜬금없는 질문에 남편은 잠시 생각하더니 답했다.

"글쎄… 아마 '당신이 레즈비언인 줄은 몰랐어!' 라고 말하겠지."

취하지 않은 취객

파출소 앞 게시판에 국회의원 입후보자들의 포스터가 붙어 있었다. 이를 본 술 취한 사람이 경찰에게 비틀거리며 다가가 물었다.

"경찰 아저씨! 여기 붙어 있는 놈들은 도대체 무슨 나쁜 짓을 한 놈들입니까?"

경찰이 말했다.

"여보세요. 이건 현상수배 사진이 아니라 선거용 포스터예요."

그러자 술 취한 사람이 말했다.

"아하~! 앞으로 나쁜 짓을 골라서 할 놈들이군!"

나폴레옹

 글짓기 시간에 선생님은 맹구에게 나폴레옹 위인전을 읽고 감상문을 써오라는 숙제를 내주었다. 맹구는 워낙 책읽기를 싫어했기 때문에 꾀를 냈다.

 아빠에게 나폴레옹에 관한 이야기를 해달라고 성가시게 졸라댔다. 그러자 아빠는 술이 덜 깬 상태에서 생각나는 대로 말해 주었다.

 "나폴레옹은 소주보다 값도 월등히 비싸고 독하지만 그래도 깨끗한 뒤끝이 일품이다. 일반 슈퍼마켓에서도 살 수 있지만 주류백화점에 가면 5% 할인된 가격에 살 수 있다."

 "~~~!!!"

헌금

　어느 날 사이비 목사, 사이비 신부, 사이비 승려 세 사람이 모여 이야기하고 있었다.

　먼저 승려가 신부에게 물었다.

　"당신은 헌금 들어온 것을 어떻게 쓰시오?"

　신부 왈,

　"나는 땅에다 둥그런 원을 그려놓고 돈을 하늘로 확 뿌려서 원 안에 떨어진 것만 내가 쓰고, 그 밖에 떨어진 것은 하나님의 일을 위하여 씁니다."

　이번엔 신부가 승려에게 물었다.

　"당신은 헌금을 어떻게 쓰시오?"

　승려 왈,

　"나도 당신과 비슷합니다. 땅에다 원을 그려놓고 돈을 하늘로 확 뿌려서 원 안에 떨어진 돈은 부처님의 일에 쓰고 밖에 떨어진 돈은 내가 가집니다."

　이번엔 목사에게 물었다.

　"당신은 헌금으로 들어온 돈을 어떻게 쓰시오?"

"나도 당신들과 비슷합니다. 나도 돈을 하늘로 확 뿌리면서 '주님! 가지고 싶으신 만큼 가지십시오.' 하고 땅에 떨어진 돈은 내가 다 가집니다."

골동품 장사

골동품을 파는 사람이 있었는데 그는 고양이 먹이를 종지에 담아주었다. 그 종지는 값나가는 골동품이었다.

고양이의 먹이가 담긴 종지가 좋은 골동품임을 알아본 지나가던 사람이 와서 말했다.

"저 고양이를 사고 싶습니다."

"팔지요."

골동품 장수가 고양이 값을 조금 비싸게 불렀지만 그 사람은 골동품을 갖고 싶어서 고양이를 사기로 했다.

"고양이 밥그릇도 주시지요."

그러자 골동품 장수가 말했다.

"저 종지 때문에 고양이를 팔고 있는데, 벌써 여섯 마리나 비싸게 팔았습니다."

초고속 엘리베이터

엘리베이터 성능 시험이 벌어졌다.

테스트 기준은 '열 사람을 싣고 30초 동안 얼마나 높이 올라가는가?' 였다.

먼저 미국산의 성능시험 결과 30초 만에 50층을 올라갔다. 다음 독일산 엘리베이터는 80층을 올라갔다. 마지막으로 중국산 엘리베이터가 출발했는데 30층까지 단숨에 올라가더니만 추락하는 사고가 발생, 탑승자 모두 사망했다.

모인 사람 모두가 경악했는데 중국 측 제조업자는 오히려 뿌듯해하고 있었다. 그 이유를 물어보니 30초 만에 탑승자 전원을 하늘나라까지 올려 보낸 엘리베이터는 오직 자기 나라 제품밖에 없다는 것이다.

포복절도(抱腹絕倒)
바이러스

3

뻔뻔한 이웃

　이웃에 사는 남자가 매번 집으로 찾아와 무엇인가를 빌려갔다. 집주인은 이번에도 그 남자가 무엇을 빌리러 왔다는 것을 눈치 채고 아내에게 말했다.

　"이번에는 아무것도 빌려가지 못하게 할 거야!"

　드디어 이웃집 남자가 물었다.

　"혹시 아침에 전기톱을 쓰실 일이 있나요?"

　"어휴, 미안합니다. 사실은 오늘 하루 종일 써야 할 것 같은데요."

　그러자 이웃집 남자가 웃으며 말했다.

　"그럼 골프채는 안 쓰시겠네요. 좀 빌려도 될까요?"

판매원의 능력

성경책 판매원을 모집하는 광고에 한 남자가 응시하여 면접시험을 보았다.

"저저저는 서서서성경책 파파판매원이 대대되고 싶습니다."

당연히 면접관은 이 사람의 판매 능력을 믿을 수가 없었다. 하지만 전 직장에서의 판매 이력을 보고 그 사람을 뽑았다.

얼마 지나지 않아 주위 사람들의 놀라움 속에 신입사원의 판매율은 하늘을 찌를 듯이 올랐고 그 회사에서 성경책을 제일 많이 판 사람이 되었다.

얼마 후 회사에서는 그 신입사원에게 판매 방법을 강연할 수 있는 기회를 만들어주었다.

"이건 아아아주 가가가간단합니다. 우우선 초초초인종을 누누누르고 사사사사람이 나오면 이이렇게 마말합니다. 서서서성경책을 사사사시겠습니까? 아니면 제제제제가 드드드들어가서 이이읽어 드드드드드드드릴까요?"

주부 9단

서로 옆집에 사는 주부 두 명이 복도에서 마주쳤다.

주부1 : 매일 어딜 그렇게 열심히 다니세요?
주부2 : 저요? 매일 남편이 반찬이 맛없다고 투정하
기에 학원엘 좀 다녀요.
주부1 : 아~, 요리학원 다니시는군요!
주부2 : 아뇨, 유도학원 다녀요. 또 불평하면 던져버
리려고요.

바람난 이유

　오랫동안 홀로 살던 할아버지가 여생을 함께 보내자고 한 할머니에게 제안했다.

　할머니 : 이제 우린 그것도 안 되는데…….

　할아버지 : 만져만 줘도 돼.

　할머니 : 정말?

　할아버지 : 당연하지.

　그러던 어느 날, 할아버지는 중풍에 걸린 할머니와 바람이 났다.

　할머니 : 참, 어이가 없네. 어째서 멀쩡한 나를 두고 그 중풍 걸린 할망구하고 바람이 났소?

　할아버지 : 그 할망구는 만져만 주는 게 아니야. 흔들어주더라고…….

슈퍼맨의 비애

"슈퍼맨! 넌 왜 매일 팔짱을 끼고 있니?"
시비를 거는 배트맨을 보고 슈퍼맨이 말했다.
"바지에 주머니가 없어서 그런다. 왜! 아니꼽냐?"
그러자 배트맨이 깔깔대며 말했다.
"인마, 바지 위에 팬티를 입으니까 그렇지!"

암탉생활

　도시생활에 염증을 느낀 두 노처녀가 돈을 모아 양계
장을 차리기로 했다. 한적한 시골에 계사를 마련한 그
녀들은 닭을 사러 갔다.

　"우린 양계장을 차릴 건데, 암탉 300마리와 수탉 300
마리를 주세요."

　닭장수는 그녀들을 이해할 수가 없었다. 하지만 그는
착한 사람이었으므로 솔직하게 말했다.

　"암탉 300마리는 필요하겠지만 수탉은 두세 마리면
족할 텐데요?"

　그러자 노처녀들은 정색하며 동시에 말했다.

　"하지만 우리는 짝 없이 산다는 게 얼마나 슬픈 일인
지 알고 있거든요."

거짓말

　어린 아들이 거짓말을 해서 엄마는 큰 충격에 빠졌다.
　고민 끝에 아들을 불러 거짓말을 하면 어떻게 되는지 설명해 주었다.
　"거짓말을 하면 새빨간 눈에 뿔이 달린 사람이 밤에 와서 잡아간단다. 그리고는 불이 활활 타는 골짜기에 가둬 힘든 일을 시키지. 그래도 거짓말을 할 거야?"
　그러자 아들이 대답했다.
　"에이, 엄마는 나보다 거짓말을 더 잘하네 뭐."

아까워

두 친구가 스위스의 어느 마을을 여행하다가 한 곳에 이르러 강변에 표지판이 있는 것을 발견했다.

'물에 빠진 사람을 구해주는 자에게는 5,000달러를 줌' 이라는 내용을 보고 둘은 의논을 했다. 한 명이 물에 빠지고 다른 한 명이 구해주면 5,000달러를 벌어 공짜로 관광을 할 수 있지 않겠느냐고……

계획에 따라 한 명이 물에 빠져 허우적대고 있었다. 그런데 밖에 있는 다른 친구는 구해주지 않고 가만히 있는 것이었다. 물에 빠진 친구는 한참을 허우적거리다 겨우 밖으로 기어 올라왔다.

"야, 약속하고 다르잖아! 내가 물에 빠지면 구해주기로 해놓고 왜 꼼짝도 안 하고 있는 거야?"

그러자 그 친구는 말했다.

"저 팻말 밑의 작은 글씨를 봐."

팻말엔 이런 말이 적혀 있었다.

죽은 자를 구출해 내면 1만 달러를 줌

위기에서

　해수욕장에서 익사 직전의 아가씨가 인공호흡 덕분에 살아나자 감격해서 구해준 사나이에게 말했다.

　"당신이 내 목숨을 구해줬어요! 뭐라고 감사를 드려야 할지 모르겠군요. 사람들이 그러는데 당신의 인공호흡이 1분만 늦었어도 저는 죽었을 거라고 하던데요."

　그러자 사나이가 더 씩씩하게 대답했다.

　"당신에게 인공호흡을 하려는 다른 두 녀석을 때려눕히지만 않았어도 당신을 더 일찍 살렸을 겁니다."

수박 겉핥기

어떤 학생이 우체국에서 시간제 일자리를 구했다.

상사가 그에게 맡긴 첫 번째 업무는 우편물을 분류하는 일이었는데, 학생이 우편물을 분류하는 속도가 하도 빨라서 손이 보이지 않을 정도였다.

업무가 끝나자 학생의 솜씨에 아주 만족한 상사가 다가왔다.

"말해줄 게 있는데 말이야, 오늘 자네 일솜씨가 아주 맘에 들었어. 자네는 지금까지 근무한 직원들 중 최고로 빨랐다네."

"감사합니다. 내일은 더 잘하겠습니다."

상사가 의아해 하며 물었다.

"더 잘해? 오늘보다 더 잘할 수 있다니 대체 어떻게 하겠다는 말이지?"

그러자 학생이 자신 있게 대답했다.

"내일은 주소를 읽으면서 하겠습니다."

서울 구경

시골에서 서울 구경을 하러 올라온 할아버지와 할머니가 아주 짧은 미니스커트 차림의 처녀를 보고는 그만 입이 딱 벌어졌다.

이를 본 할머니가 놀라면서 한 마디 했다.

"나 같으면 저런 꼴 하고는 밖에 나오지 않겠구먼!"

그러자 할아버지가 대답했다.

"임자가 저 정도면 나 역시 밖으로 나오지 않고 집에만 있겠구먼."

입이 무거운 사람들

　어느 날 입이 무거운 사나이 세 명이 유람선을 타고 가다가 폭풍을 만나 무인도에 표류하게 되었다.
　한 사나이가 말했다.
　"참 조용한 섬이군요."
　그리고 1년이 지나 다른 한 사나이가 입을 열었다.
　"당신 말처럼 이 섬은 참 조용하군요."
　그리고 또 1년이 지나 마지막 한 사나이가 말했다.
　"당신들! 정말 그렇게 떠들면 나 혼자 이 섬에서 떠나겠어!"

어떤 남자를 고를까

냉장고 같은 남자 → 체구에 비해 기능이 단순하다.

다리미 같은 남자 → 금방 뜨거워지고 금방 식는다.

커피포트 같은 남자 → 성능이 좋으면 2분이면 끝난다.

전자레인지 같은 남자 → 남의 사정은 모르고 속부터
태운다.

식기세척기 같은 남자 → 정작 오목한 그릇은 제대로
못 닦는다.

세탁기 같은 남자 → 눌러만 주면 처음부터 끝까지
혼자서 알아서 한다.

속 셈

어떤 총각이 자기가 사귀는 처녀의 집을 방문했다.

"오늘 우리 멋진 시간을 보냅시다. 내가 영화표 석 장을 가져왔소."

"이상하네요. 왜 영화표가 석 장이나 필요하지요?"

"자기 아빠, 엄마 그리고 동생 표!"

아버지의 직업

선생님 : 삼돌이 아버지는 무슨 일을 하고 계시지?

삼돌이 : 식량 확대 주식회사 사장입니다.

선생님 : 그럼 장소와 생산 품목은?

삼돌이 : 광화문 옆에서 뻥튀기를 만들어요!

선생님 : 그럼 갑돌이 아버지는?

갑돌이 : 네, 저의 아버지 직업은 대변인입니다.

선생님 : 소속된 당과 이름은?

갑돌이 : 국회의원 회관에서 화장실 청소…….

선생님 : 또, 을돌이 아버지는?

을돌이 : 네, 저의 아버지께서는 수산업과 제과업을
        하십니다.

선생님 : 아니, 두 개의 회사나 차릴 정도로 돈이 많
        단 말이니? 그럼 장소와 생산 품목은?

을돌이 : 남대문시장에서 붕어빵을 만드십니다.

애인 자랑

어떤 남자가 친구에게 사귄 지 얼마 안 된 애인 자랑을 침이 마르게 늘어놓았다.

남자 : 내 여자 친구는 정말 끝내줘. 그녀는 말이야,
이 세상에서 가장 아름다운 포도 같은 검푸른
눈을 가졌고 피부는 복숭아 빛에 윤기가 흐르
고 입술은 앵두 같은 게 어찌나 귀여운지… 정
말 끝내주는 여자 같지 않냐?"

그러자 친구는 '픽~!' 하고 비웃더니 한 마디 했다.
"뭐냐? 과일 샐러드냐?!"

개가 된 남편

옛날에 본처의 시샘이 너무 심해서 마음 놓고 첩의 방에 갈 수 없는 사내가 기발한 묘책을 생각해 냈다.

"화장실에 다녀올게. 금방 돌아올 거야."

하고 나가려고 했으나 본처는 믿지 않았다.

"내가 그걸 어떻게 믿어요?"

"염려 마시오. 내가 만일 첩의 방에 간다면 천벌을 받아 개가 될 거야."

본처는 이렇게까지 말한 사람이 설마 딴 짓을 할까 싶었다. 그러나 워낙 강짜가 심한 여자라 남편의 한 쪽 발목에 화장실까지 갈 만한 길이의 끈을 맨 다음에 다녀오라고 했다.

남편은 방을 나오자 즉시 그 끈을 풀어 집에서 기르는 개의 발목에 묶은 다음 재빨리 첩의 방으로 들어갔다.

한편, 화장실에서 돌아올 시간이 훨씬 지났는데도 남편이 돌아오지 않자 본처는 왈칵 의심이 생겨 손에 쥐고 있던 끈을 살살 잡아당겨 보았다.

그러자 그 끈에 끌려온 것은 난데없는 개였다.

본처는 기겁을 하고 중얼거렸다.

"아이쿠, 이런 변이 있나. 그렇게까지 맹세를 하고도 나를 속이더니 개가 되고 말았구나!"

과속 운전자

과속으로 운전하던 사람이 경찰관의 제지를 받았다.

"선생님, 면허증을 제시해 주십시오."

"내가 시장의 친구요."

라며 속도위반자는 사정했다.

"잘됐군요."

경찰관은 딱지를 떼면서 말했다.

"이제 시장님께서 내가 업무에 충실하다는 사실을 아시게 됐네요."

자동차 담보대출

지방에 사는 큰 부자가 서울에 가서 고급승용차를 담보로 맡기고 200만 원을 대출 받았다.

2주 후에 부자는 이자 6,000원과 원금을 갚고 자동차를 찾아갔다.

은행원이 물었다.

"큰돈도 아닌데 왜 대출을 받았습니까?"

부자가 대답하기를,

"2주간 맡기고 주차비 6,000원 받는 곳이 여기 말고 또 있습니까?"

병원에서

80대 노인이 환자들로 꽉 찬 병원 대기실의 접수창구로 다가가자 간호사가 물었다.

간호사 : 무슨 일로 오셨습니까?

노인 : 내 고추에 문제가 생겨서 왔소.

간호사 : (당황하며) 사람 많은 데서 그런 식으로 말씀하시면 곤란한데요.

노인 : 왜 안 되지? 아가씨가 나한테 왜 왔냐고 물어서 난 대답했을 뿐인데…….

간호사 : 이렇게 사람 많은 데서 그렇게 말씀하시면 사람들이 당황하잖습니까? 차라리 귀 또는 다른 적당한 핑계를 대시고 의사 선생님을 만났을 때 조용히 상담하시면 되잖습니까?

노인 : 그러니까 사람 많은 곳에서 공개적으로 묻질 말았어야지.

노인은 밖으로 나갔다가 몇 분 후 다시 들어왔다.

노인 : 내 귀에 이상이 있어 왔소.

간호사는 노인네가 자기 말을 알아들은 것에 대해 만족하여 미소를 띠며 묻는다.

간호사 : 귀가 어떠신데요?

노인 : 귀에서 오줌이 안 나와~!

짠돌이

한 남자가 치과에 들어와 사랑니를 뽑는데 얼마냐고
물었다.

"80달러요."

치과의사가 말했다.

"음, 그거 되게 비싸군요. 더 싸게는 안 됩니까?"

"물론 가능하지요. 마취를 하지 않으면 60달러로 깎
아드리지요. 그리고 그냥 플라이어로 뽑으면 20달러로
깎아드려요."

남자가 아무 반응이 없자 의사가 다시 말했다.

"대단한 짠돌이시군요. 좋아요. 만약 나 대신 내 학생
이 이를 뽑게 허락한다면 10달러만 받겠소."

그러자 남자가 말했다.

"좋아요. 그렇게 하지요. 예약할게요. 다음 주 화요일
에 제 마누라가 올 겁니다."

조문객

한 나그네가 하룻밤 묵기 위해 싸구려 여관에 들어
갔다. 그런데 방에 들어가 보니 바퀴벌레 한 마리가 있
는 것이다.

"아이쿠, 바퀴벌레가 있네."

그러자 주인이 바퀴벌레를 살펴보았다.

"괜찮습니다. 죽은 모양이네요. 허허~!"

넉살좋게 웃으며 나가는 주인장. 나그네는 내심 불쾌
했지만 달리 뾰족한 수도 없어서 그냥 참고 하룻밤 묵
었다. 다음날, 주인이 와서 물었다.

"안녕히 주무셨습니까? 바퀴벌레는 확실히 죽은 놈
이었지요?"

그러자 나그네 왈,

"네~ 그놈은 확실히 죽었더군요. 그래서 조문객이 많
이 왔다갔습니다."

깨달음

어느 날 농부가 호박을 보면서 생각했다.

'신은 왜 이런 연약한 줄기에 호박을 달아줬을까? 그리고 왜 두꺼운 상수리나무에는 보잘것없는 도토리를 주셨을까?'

며칠 뒤 농부가 상수리나무 아래에서 낮잠을 자는데 무언가 이마에 떨어져 잠이 깼다.

도토리였다. 순간 농부는 큰 깨달음을 얻었다.

'휴~ 호박이면 어쩔 뻔했을까?'

인생이란

시인 : 외롭게 피었다가 지는 들국화다.

여행가 : 공수래 공수거하는 무전여행이다.

약학자 : 달콤하고도 씁쓸한 당의정이다.

수학자 : 완전한 정의를 못 내는 제곱근이다.

운수업자 : 도중하차가 안 되는 직행버스다.

경제학자 : 죽음으로 가는 사양 산업이다.

장의사 : 언젠가는 나의 예비상품이다.

오복남과 오복녀의 조건

오복남(五福男)

첫째 : 건강해야 한다.

둘째 : 돈이 있어야 한다.

셋째 : 딸이 있어야 한다.

넷째 : 친구가 있어야 한다.

다섯째 : 마누라가 있어야 한다.

오복녀(五福女)

첫째 : 건강해야 한다.

둘째 : 돈이 있어야 한다.

셋째 : 딸이 있어야 한다.

넷째 : 친구가 있어야 한다.

다섯째 : 남편이 없어야 한다.

정치인과 개의 공통점

1. 가끔 주인을 못 알아보고 짖거나 덤빌 때가 있다.

2. 미치면 약도 없다.

3. 어떻게 짖어도 개소리다.

4. 먹을 것만 주면 아무나 좋아한다.

5. 자기 밥그릇을 절대 뺏기지 않으려는 습성이 있다.

정치인과 거지의 공통점

1. 입으로 먹고 산다.
2. 거짓말을 밥 먹듯이 한다.
3. 정년퇴직이 없다.
4. 출퇴근 시간이 일정치 않다.
5. 사람이 많이 모이는 곳에는 항상 나타나는 습성이 있다.
6. 지역구 관리는 확실하게 한다.
7. 되기는 어렵지만 되고나면 쉽게 버리기 싫은 직업이다.
8. 현행 실정법으로 다스릴 재간이 없다.

소원을 들어주는 개

한 남자가 소원을 들어주는 개를 한 마리 기르고 있었다. 남자가 종이에 '자동차'라고 써서 보여주자 개가 쏜살같이 달려가서 고급 자동차를 한 대 질질 끌고 왔다. 이번엔 '글래머'라고 써서 보여줬더니 옷을 벗고 목욕하고 있는 글래머 아가씨를 데리고 왔다.

그런데 남자는 갑자기 고향에 홀로 계신 어머님이 보고 싶어졌다. 남자는 종이에 '어머니'라고 써서 보여줬다. 그러자 개가 고향을 향해 쏜살같이 달려갔다.

그런데 개가 한참이 지나도 오지 않는 것이었다. 그렇게 며칠이 흐른 뒤 남자는 고향 어머니께 편지를 한 통 받았다.

"아들아, 네가 이제 좀 철이 드는구나. 덕분에 몸보신 잘했다."

재치

"저를 기억하시겠어요?"
라며 한 여성 유권자가 국회의원에게 따지듯이 물었다.
  그러자 국회의원의 재치 있는 한 마디.
  "부인, 제가 부인 같은 미인을 기억하고 있다간 아무
일도 못 했을 것입니다."

옛 친구

　어느 유명한 탤런트가 스케줄 때문에 할 수 없이 변두리 지저분한 식당에서 식사를 하게 되었다. 그런데 전에 같은 탤런트 학원에서 몇 번인가 함께 무대에 오른 일이 있던 옛 친구가 거기서 접시를 나르고 있는 것을 보고 깜짝 놀랐다.

　"아니, 자네가 이렇게 지저분한 식당에서 일을 하다니!"

　그러자 그는 태연하게 말했다.

　"하지만 난 여기서 먹진 않는다네!"

기적

    기적을 일으키는 신기한 도술을 갖고 있는 노승에게 어떤 사람이 정말 기적이 일어날 수 있는지 물었다.

    그 노승이 말하기를,

    "여보게! 자네 아내가 벙어리인데 어느 날 갑자기 말을 할 수 있게 된다면 그것은 정말 위대한 기적이 아니겠나?"

    그러자 그 남자 대답하기를…….

    "도사님! 만약 그런 일이 일어난다면 놀라운 일이라 할 수 있겠지요. 그러나 그것을 기적이라고 할 수는 없을 것입니다. 정말로 기적이라면……."

    "정말 기적이라면?"

하고 노승이 반문하였다.

    그러자 그 남자 왈,

    "제 집사람이 입을 다물 수 있다면 그것이야말로 진짜 기적이겠지요!"

여자가 좋아하는 골프 기술

골프를 좋아하는 아가씨 네 명이 모여 얘기를 나누고 있었다.

첫 번째 여자 : 나는 뭐니 뭐니 해도 드라이브샷을 잘 치는 남자가 좋더라. 힘이 좋거든.

두 번째 여자 : 나는 어프로치를 잘하는 남자가 좋더라. 테크닉이 좋거든.

세 번째 여자 : 나는 퍼팅을 잘하는 남자가 좋더라. 어차피 구멍에 잘 넣어야 되잖아.

그러자 네 번째 여자가 입을 열었다.

"나는 뭐니 뭐니 해도 오비(OB, Out of Bound) 내는 남자가 제일 좋더라."

그 말에 다른 세 여자는 의외라는 듯 물었다.

"아니, 뭐라고? 왜?"

"한 번 하고 또 한 번 해주거든."

하필이면

  목사가 '금주'에 대한 설교를 하고 있었다.
  "제가 세상의 모든 맥주를 갖고 있다면 모두 강에 던져버리게 하소서!"
  그러자 신도들이 외쳤다.
  "아멘!"
  "또 저에게 세상의 모든 위스키가 있다면 모두 강에 버리게 하소서!"
  신도들이 또 소리쳤다.
  "할렐루야!"
  목사가 자리에 앉자 성가대 지휘자가 말했다.
  "성가로 찬송가 365장 '강가에 모이게 하소서'를 부르겠습니다."

부러운 놈

10대 : 공부 안 하는 것 같은데 성적 잘 나오는 놈.

20대 : 겉으로 보기엔 멀쩡한데 군대 면제받은 놈.

30대 : 대학 때는 펑펑 놀던 놈이 나보다 좋은 직장에
　　　취직한 놈.

40대 : 돈 많은데 정력까지 좋은 놈.

50대 : 아직까지 직장 다니는 놈.

60대 : 몸도 건강한데다가 아직까지 서는 놈.

70대 : 자식들이 효도하는데 마누라도 살아 있는 놈.

80대 : 아직까지 살아 있는 놈.

낙엽의 말

힘들고 외로울 때 길가의 낙엽을 하나 주워봐.
낙엽이 이렇게 말할 거야.
"일단 놓고 얘기하자!"

밑도 빠졌네

바보 사나이가 항아리를 사려고 옹기점에 갔다. 항아리를 모두 엎어놓고 파는 것도 모르고 투덜거렸다.

"무슨 항아리들이 모두 주둥이가 없어? 어느 바보가 이렇게 만들었지?!"

항아리들 중에 하나를 번쩍 들어 뒤집어보고는 말하기를,

"어라? 밑도 빠졌네!"

구두 한 짝

　　위층 사람이 언제나 늦게 귀가해서 구두를 집어던지는 버릇 때문에 아래층 남자는 잠을 잘 수가 없어 하루는 위층에 올라가서 불평을 했다.

　　"당신이 구두를 벗어 바닥에 놓을 때 조용히 내려놓으면 좋겠군요."

　　위층 남자는 미안하다고 사과하고 다음부터는 조심하겠다고 약속했다.

　　그러나 그날 밤 위층 남자는 약속을 잊고 습관대로 구두를 벗어 바닥에 집어던졌다. 한 짝을 던지고 나서야 아래층 남자의 항의가 생각나서 나머지 한 짝은 조심스럽게 벗었다.

　　다음날 새벽 아래층 남자가 뛰어 올라왔다.

　　"아니, 구두 한 짝은 신은 채 잤습니까? 한 짝을 언제 벗을지 몰라 밤새 잠을 못 잤어요!"

용서 못 할 남자

- 눈이 단추 구멍만큼 작아서 쌍꺼풀 수술을 한 남자는 용서할 수 있어도, 노출이 심한 여자만 보면 눈이 당구공처럼 커지는 남자는 용서할 수 없다.
- 과거 있는 남자는 용서할 수 있어도 미래가 없는 남자는 용서할 수 없다.
- 귀 뚫은 남자는 용서할 수 있지만, 귀가 막힌 남자는 용서할 수 없다.
- 머리카락 없는 것은 용서할 수 있지만, 머리에 든 거 없는 남자는 용서할 수 없다.
- 날 사랑하지 않는 남자는 용서할 수 있지만, 거짓 사랑 고백을 하는 남자는 용서할 수 없다.
- 밥 많이 먹는 남자는 용서할 수 있지만, 반찬 투정만 하는 남자는 용서할 수 없다.
- 외박을 하고 온 남자는 용서할 수 있지만, 속옷을 뒤집어 입고 온 남자는 용서할 수 없다.

아내를 찾습니다

남편이 아내와 함께 백화점에 쇼핑을 갔다가 아내를 잃어버렸다.

남편은 고민하다가 앞에 지나가는 아주 섹시하게 생긴 여자에게 접근해서 말했다.

"저…… 사실은 집사람을 잃어버렸는데 몇 분 동안만 저랑 이야기하실래요?"

"네? 근데 왜요?"

남편 왈,

"사실 제가 매력적인 여성과 말을 나누고 있으면 아내가 귀신같이 나타나거든요."

궁금해

- 어떤 씨름 선수는 힘이 강해지라고 쇠고기만 먹는 다는데 왜 나는 생선을 그렇게 많이 먹어도 수영 을 못 할까?

- 하루밖에 못 산다는 하루살이들은 도대체 밤이 되 면 잠을 잘까? 죽을까?

- 머리가 파뿌리 될 때까지 사랑하겠느냐는 주례 선 생님! 도대체 대머리인 나에게 뭘 어쩌라고 저렇 게 쳐다보는 걸까?

마인드 컨트롤

　남자는 최근 엄청난 스트레스로 잠자리가 어려워 고민이 많았다. 남자는 마인드 컨트롤을 하기 위해 부인과의 잠자리에 들어가면서 중얼거렸다.

　"하면 된다! 하면 된다! 하면 된다!"

　자신에게 세뇌를 하면서 자신감을 가지고 대시하려는 순간 부인도 중얼거리는 소리가 들렸다.

　"되면 한다! 되면 한다! 되면 한다!"

5개 국어

그런 것 같기도 하고 아닌 것 같기도 하여 얼른 분간이 안 되는 모양을 '알쏭달쏭' 이라고 표현한다.

이것을 일본말로 하면 : 아리까리.

중국말로 하면 : 갸우뚱.

독일말로 하면 : 애매모호.

프랑스 말로 하면 : 아리송.

아프리카 말로 하면 : 긴가민가.

경험

 "사업자금이 없는 자네와 동업을 하자고 자청한 그 사내도 꽤나 이상한 친구인 모양이군."

 "이 사람, 너무 나를 얕보지 말게. 내게는 풍부한 경험이 있지 않은가?"

 "일리가 있군. 며칠 지나면 자네가 돈을 몽땅 갖게 되고, 동업하는 친구는 한 가지 경험을 얻게 될 테니까."

열녀는 없다

　상복 차림의 여인이 무덤 옆에서 부지런히 무덤에 부채질을 하고 있었다. 호기심 많은 나는 그 여인에게 다가가 물었다.

　"무덤 속에 계신 분이 누구십니까?"

　"제 남편입니다."

　"그럼 남편이 화병으로 돌아가셔서 그 화를 식히려고 부채질을 하시는 거군요."

　"아니에요. 제 남편은 술에 취해 물을 건너다 물에 빠져 죽었습니다."

　"아, 몸의 물기를 바짝 말려 하늘나라에 보내시려고 부채를 부치고 계셨군요."

　"아니에요. 제가 부치고 있는 것은 남편의 시체가 아니라 무덤의 흙이에요. 남편이 죽기 전에 나에게 자기 무덤의 흙이 마르기 전에는 절대 재혼하지 말라고 당부했습니다. 그래서……."

역시 사오정

　사오정이 자신의 차를 한 쪽은 빨간색으로, 다른 한 쪽은 노란색으로 도색했다.
　궁금한 사오정의 친구가 물었다.
　"야, 왜 양쪽 색깔이 다르냐?"
　그러자 사오정이 의기양양하게 말했다.
　"그래야 사고가 났을 때 목격자들이 서로 딴소리를 할 거 아냐!"

사오정의 피장파장

사오정이 완구점에 장난감 비행기를 사러 갔다.

비행기를 다 고르고 나서 사오정이 장난감 돈으로 계산하려 했다.

완구점 주인 : 하하하! 오정아~, 이 돈은 가짜이기 때문에 비행기를 살 수가 없단다.

사오정 : (어이없다는 표정으로) 어차피 이 비행기도 진짜는 아니잖아요.

편두통

심한 편두통을 앓는 환자가 병원을 찾아갔다. 의사는 이 약 저 약 처방해 주었지만 아무 소용이 없었다. 환자는 죽을상을 하고서 매일 치료받으러 오는데 의사로서도 보통 스트레스가 아니었다. 보다 못해 의사가 말했다.

"정말 난치성이군요. 그래서 말인데, 책에 없는 방식을 한 번 써봅시다. 나는 사실 의사지만 편두통이 생기면 약을 안 먹고 이 방법을 쓰죠. 즉, 편두통이 오면 2층에 있는 우리 집으로 올라가서 팔굽혀펴기를 100개 정도 미친 듯이 하고 찬물로 샤워를 하고 침대에 가서 우리 집사람하고 과격하게 섹스를 합니다. 그러면 정말 씻은 듯이 통증이 사라져요. 이 방법을 권하고 싶군요."

환자는 한 번 해보겠다고 말하고 갔다.

일주일 후, 그 환자가 다시 찾아왔다.

"선생님, 정말 고맙습니다. 선생님이 권하신 방법을 일주일 동안 해봤더니 편두통이 깨끗이 사라졌어요. 정말 신기할 지경입니다."

의사도 흡족해 하며 말했다.

"그래요? 다행입니다. 잘 될 줄 알았습니다."

환자는 의사를 침이 마르도록 칭찬하고 감사해 하더니 돌아가면서 한 마디 했다.

"선생님, 그동안 감사했다고 사모님께도 꼭 좀 전해 주세요."

기막힌 대답

A : 이 도시에서 위대한 사람들이 많이 태어납니까?
B : 아뇨, 아기들만 태어나요.

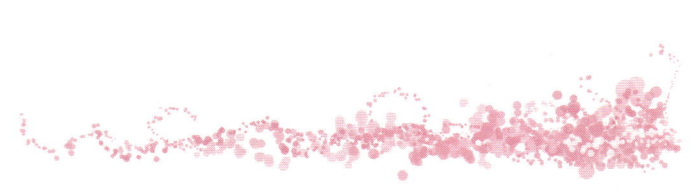

엄마가 좋아하는 아이의 급수

공부 잘하는 아이 : A급

엄마 성격 닮은 아이 : A+급

외가 쪽 좋은 점만 닮은 아이 : A++급

성격 좋은 아이 : B급

건강한 아이 : C급

아빠 성격 닮은 아이 : D급

본가 쪽 나쁜 점만 닮은 아이 : D특급

믿음 하나로

어느 설문조사원이 한 부부를 대상으로 자신의 이상형과 현재의 배우자와의 상관관계를 조사하고 있었다. 먼저 남편에게 물었다.

"현재의 부인이 당신의 이상형과 일치하나요?"

"아뇨. 그럴 리가 있겠습니까. 거의 맞지 않죠."

"그럼 몇 가지는 있다는 말씀이시네요."

"예, 딱 한 가지요. 제 아내는 믿음이 좋거든요. 그거 한 가지 말고는 별로……."

다음으로 조사원은 아내를 따로 만나 같은 질문을 했다.

"현재의 남편이 당신의 이상형과 일치하나요?"

"무슨 그런 섭섭한 말씀을……."

"그래도 맞는 면이 몇 가지는 있으실 것 아닙니까?"

"솔직히 없어요. 단지 제가 믿음이 좋거든요. 저는 믿음으로 극복하고 살고 있답니다."

거품 하면 떠오르는 것

10대 초반 : 보글보글, 크레이지 아케이트

10대 후반 : 콜라, 사이다

20대 초반 : 맥주, 카푸치노

20대 후반 : 면도

30대 초반 : 설거지

30대 후반 : 목욕

40대 초반 : 옷값, 신발값, 집값

40대 후반 : 경제 전반

50대 초반 : 오염된 개천

50대 후반 : 치료비, 약값

부부처럼 해볼래?

어느 날 철수와 영희는 섬으로 여행을 떠났다. 늦게까지 바닷가에서 놀다보니 마지막 배를 놓치고 말았다. 그래서 둘은 어쩔 수 없이 방을 구해서 자고 내일 아침 일찍 가기로 했다. 둘은 거리를 두고 누웠는데 잠이 오지를 않았다.

철수가 먼저 영희에게 말했다.

"우리 오늘 밤만 부부처럼 지내볼래?"

영희는 약간 망설였지만 순순히 승낙했다. 대답을 들은 철수는 갑자기 일어나 담배를 꺼내더니 영희에게 소리쳤다.

"뭐해, 얼른 라이터하고 재떨이 가져오지 않고."

키스 한 번에

한 여자가 고급 모피코트를 걸치고 있는 옆집 부인을 지켜보다가 감탄사를 흘렸다.

"어머, 굉장히 좋은 모피군요!"

"네, 약간 그런 편이에요."

"그래, 값은 얼마나 하죠?"

"키스 한 번."

그 말에 여자가 입을 딱 벌리며 물었다.

"어머나, 바깥양반한테 정말 대단한 키스를 했나보죠?"

"아뇨, 그이가 우리 집 가정부랑 키스하는 걸 내가 봤답니다."

신통 다이어트법

확실히 살을 빼준다는 광고를 보고 띵띵이는 전화를 걸었다.

띵띵 : 여보세요. 거기 정말 확실하게 살을 빼주나요?

상담원 : 네, 그럼요. 3단계가 있는데요. '초보자용' 으로 먼저 해보세요.

띵띵 : 네, 그럼 오늘 당장 보내주시죠.

한 시간 후 커다란 상자가 배달되었다. 열어보니 원 피스 수영복을 입은 여자가 나와 이야기를 했다.

여자1 : 한 시간 안으로 절 잡아보세요. 그럼 전 당신 거예요.

띵띵 : 정말요?

여자1 : 네, 그럼 시작합니다. 시~작!

한 시간 후 땀을 뻘뻘 흘리는 띵띵이, 하지만 그녀는 너무나 빨라 잡을 수 없었다. 하지만 한 시간 만에 5kg 이 빠져 있었다.

띵띵 : 어? 정말 빠지네.

전화를 다시 걸었다.

상담원 : 네.

띵띵 : 아, 정말 확실한데요. 그럼 2단계로 보내주세요.

한 시간 후 또 다른 상자가 도착했다. 그 안엔 비키니 수영복을 입은 여자가 나왔다.

여자2 : 절 한 시간 안으로 잡아보세요. 그럼 전 당신 거예요.

한 시간 후 또 땀을 뻘뻘 흘리는 띵띵이, 하지만 그녀도 너무나 빨라 잡을 수가 없었다. 하지만 살이 10kg이 빠져 있었다. 띵띵이 회심의 미소를 지으며 이번엔 확실하게 잡겠다는 마음으로 다시 전화를 건다.

상담원 : 네, 3단계로 넘어가시려고요? 하지만 이건 너무 위험한 방법이라 조금 우려가 되는데요.

띵띵 : 괜찮습니다. 빨리 보내주세요.

한 시간 후 또 다른 상자가 배달되었다. 하지만 그 안엔 여자가 아닌 곰이 나왔고 종이에 이렇게 쓰여 있었다. '이번엔 내가 당신을 잡을 거예요. 잡히면 당신은 내꺼!'

백수의 10가지 조건

1. 바퀴벌레를 제압하는 강렬한 카리스마.
2. 비디오 대여점 여자 알바생 앞에서도 당당히 에로물을 빌리는 용기.
3. TV 방송 프로그램을 거꾸로도 외울 수 있는 암기력.
4. 끝까지 컵라면을 고수하는 집념.
5. 빨기가 귀찮아 양말을 신지 않는 청결함.
6. 매일 같은 어머니의 잔소리에 미소로 대답할 수 있는 인내력.
7. 적들의 뒤통수에 총알로 하트를 만드는 현란한 마우스 컨트롤.
8. X양 비디오를 찾기 위해 해외 사이트까지 뒤져보는 투지.
9. 얼마 전 대판 싸웠던 친구에게 돈을 구걸하는 비굴함.
10. 언젠가는 세상에 이름 한 번 날려보겠다는 야망.

백수의 연령별 분석

10대 : 공부만 하면 된다.

20대 : 낮에 자고 밤에 활동한다. 식구들의 눈길을 살
   살 피한다.

30대 : 막나간다. 어차피 집에서 사람 취급 안 한다.

40대 : 공원이나 기원으로 출근한다.

50대 : 집에서 살림한다.

백수의 친구 관계

10대 : 백수라도 친구들과 잘 논다.

20대 : 친한 친구 아니면 만나기 힘들다.

30대 : 모두 연락이 안 된다.

40대 : 마누라도 외면한다.

50대 : 공원에서 할머니 할아버지와 벗 삼는다.

백수의 이성관계

10대 : 아무 문제없다.

20대 : 통신에서만 이성친구가 존재한다.

30대 : 맞선이라도 시켜달라고 조른다.

40대 : 식당 아줌마라도 환영한다.

50대 : 비아그라도 무용지물이다.

백수의 패션

10대 : 유행에 맞춰 입을 수 있다.

20대 : 있는 옷으로 최대한 연출한다.

30대 : 운동복 한 벌이면 된다. 집 밖에 나갈 일이 없다.

40대 : 허름한 양복에 운동화가 최고다.

50대 : 앞치마 외엔 신경 쓰지 않는다.

백수의 수입원

10대 : 부모님의 용돈으로 충분하다.

20대 : 집안일로 용돈을 구한다.

30대 : 막나가기 시작한다. 돈 달라고 협박한다.

40대 : 마누라 호주머니를 살살 뒤진다.

50대 : 빈병이나 신문지를 줍는다.

백수의 사회적 인식

10대 : 별 문제 없다.

20대 : 측은하게 바라본다. 격려의 말을 아끼지 않는다.

30대 : 안타깝게 생각한다. 점점 이상한 사람으로 보기 시작한다.

40대 : 백수로 봐주지 않고 제비로 보기 시작한다.

50대 : 사람보다 사회가 문제라고 생각한다.

라면과 여자의 공통점

1. 빨리 먹지 않으면 엉뚱한 놈이 빼앗아 먹는다.

2. 하나는 모자라고 두 개는 벅차다.

3. 아무리 좋아해도 계속 먹으면 질린다.

4. 가끔 색다른 방법으로 먹으면 더 맛있다.

5. 유난히 밤에 더 생각이 난다.

소문만복래

(笑門萬福來)

4

세 아들

　한 시골에서 자란 세 아들이 서울에 올라와서 성공을 했다. 아들들은 시골에 혼자 계신 어머니를 위해 선물을 보내드리기로 했다.

　큰아들 : 난 어머니를 위해 큰 집을 지어드렸어.

　둘째아들 : 난 기사가 딸린 멋진 자가용을 보내드렸어.

　막내아들 : 어머니는 성경 읽기를 좋아하시는데 이제 눈이 침침해지셨잖아. 그래서 나는 성경을 통째로 다 외운 앵무새를 보내드렸어. 어머니가 몇 장 몇 절만 얘기하시면 앵무새가 읊어드릴 거라고.

　몇 주일 뒤에 어머니에게서 답신이 왔다.

큰아들에게

"네가 지어준 집은 너무 크구나. 난 방 하나만 사용하는데 나머지 11개의 방을 다 청소하느라 허리가 휠 지경이란다."

둘째아들에게

"난 늙어서 차는 못 타고 집에만 있단다. 그런데 그 기사는 어제 차에서 굶어 죽은 것 같더라."

막내아들에게

"보내준 닭은 맛있게 잘 먹었다."

똑똑한 주인

A : 개를 잃어버렸어.

B : 신문에 광고를 내지 그래?

A : 필요 없어. 내 개는 글을 못 읽거든.

이장님 말씀

　어느 시골에 순진한 총각과 처녀가 결혼식을 올리고 신혼여행을 갔다.

　첫날밤의 대사(大事)를 무사히 치른 후, 신랑이 어디서 주워들은 소린지 신부에게 이런 말을 했다.

　신랑 : 자기는 처녀가 아닌 것 같아!

　신부 : 처녀 맞다고 하던데?

　신랑 : 누가?

　신부 : 우리 동네 이장님이!

　신랑 : 그분이 뭐라고 했는데?

　신부 : 이야! 너 진짜 처녀네, 그러던데!

　신랑 : 아, 그래? 이장님이 맞다면 맞는 거야!

벙커

남자 골퍼들이 벙커를 싫어하는 이유는?
· 물이 없다.
· 잔디(풀)가 없다.
· 건드리지 못한다.
· 너무 크다.
· 누구 공이나 다 수용한다.

남자의 방

    남자의 마음에는 네 개의 방이 있다.

    첫 번째 방은 현재 같이 살고 있는 여자의 방이고, 두 번째 방은 첫사랑 여인의 방이고, 세 번째 방은 이상형 여인의 방이고, 네 번째 방은 어느 순간 운명적으로 다가올 것 같은 여인의 방이다.

    마지막 방의 크기가 가장 큰 남자는 바람둥이이고, 세 번째 방의 크기가 가장 큰 남자는 어리석은 남자이며, 두 번째 방의 크기가 가장 큰 남자는 비전이 없는 남자이고, 첫 번째 방의 크기가 가장 큰 남자는 현명한 남자이다.

웃기는 부부싸움

한 부부가 부부싸움을 하다 남편이 몹시 화가 나서 아내에게 버럭 소리를 질렀다.

"당장 나가버려!"

아내도 화가 나서 벌떡 일어섰다.

"나가라고 하면 못 나갈 줄 알아요?"

그런데 잠시 후 아내가 자존심을 버리고 다시 집으로 들어왔다. 아직도 화가 풀리지 않은 남편이 왜 들어왔 느냐고 소리를 지르자 아내가 말했다.

"가장 소중한 것을 두고 갔어요."

"그게 뭔데?"

"바로 당신이에요."

남편은 그만 피식 웃고 말았다.

"우리가 부부싸움을 하면 뭐해? 이혼을 해도 당신이 위자료로 나를 청구할 텐데……."

부하의 부탁

한 장교가 물에 빠져 죽을 지경에 이르자, 부하가 물속에 뛰어들어 장교를 구해주었다.

장교는 너무 고마워서 부하에게 말했다.

"무엇을 원하는가? 뭐든 들어주지. 휴가면 휴가, 진급이면 진급, 돈이면 돈 말만 하게나. 자네는 내 생명의 은인이라네!"

부하는 잠시 머뭇거리더니 말했다.

"제가 장교님을 살려주었다는 것을 절대로 동료들에겐 비밀로 해주십시오. 만약 동료들이 이 사실을 알면 전 몰매를 맞아 죽을 것입니다."

내 탓이 아니에요

성적표를 받았다 하면 0점으로 도배를 하는 맹구.

오늘도 거의 올 0점인 성적표를 본 아버지가 작심하고 맹구를 야단치고 있었다.

"또 빵점이잖아! 그래 이제 무슨 핑계를 댈 작정이냐?"

고개를 숙이고 아무런 대답을 못 하는 맹구를 보면서 더욱 울화통이 치민 아버지.

"이 녀석, 잘못했으니 당연히 할 말이 없겠지? 당장 회초리 가져왓!"

그러자 고개를 갸우뚱거리며 맹구가 대답했다.

"아까부터 생각을 하고 있었는데요, 아직까지 결론을 못 얻었어요. 유전인지, 아니면 가정환경 때문인지."

똑똑한 아들

아버지와 아들이 교회에 갔다.

한창 기도 중에 아버지가 '오! 하나님 아버지'라고 하자 아들도 따라 눈을 감으며 '오! 하나님 할아버지'라고 하는 것이었다.

아버지가 아들에게 속삭였다.

"너도 '하나님 아버지'라고 하는 거야."

아들이 고개를 갸우뚱하며 물었다.

"아빠한테도 아버지고 나한테도 아버지야?"

"그렇지! 우리 아들 똑똑하구나! 이제 알겠지?"

그러자 아들이 마지못해 하는 말,

"그래… 형!"

칼로 물 베기

　부부싸움이라면 아주 이력이 난 어느 부부가 그날도 마찬가지로 아침부터 시작하여 밤늦게야 징그러운 부부싸움이 끝났다.

　너무나 지친 부부는 잠자리에 들게 되었는데 이 부부의 특징은 그렇게 잡아먹을 듯 싸워도 꼭 한 이불을 덮고 잔다는 사실이었다.

　남편은 잠자리에 누워 가만히 생각해 보니 마누라에게 좀 미안해졌다. 그래서 화해할 요량으로 슬그머니 한 다리를 마누라의 배 위로 얹었다. 그러자 마누라는 남편의 발을 뿌리치며 말했다.

　"어데다 발을 올리노? 에구~ 드러버라!"

　머쓱해진 남편은 잠시 참았다가 이번엔 왼팔을 아내의 가슴에 살며시 얹었다. 그러나 마누라의 반응은 역시나 쌀쌀맞았다.

　"이거 몬치나?"

더더욱 머쓱해진 남편이 이젠 포기하고 자려고 돌아 눕다가 본의 아니게 그만 거대해진 거시기(?)가 마누라의 엉덩이를 스치고 지나갔다.

　　그러자 마누라가 갑자기 옆으로 누우며 거시기를 덥석 잡고는 말했다.

　　"에구, 불쌍한 것! 이리 온나. 니가 먼 죄가 있겠냐?"

이혼 사유

어느 부부가 이혼을 하려고 법원에 갔다.
판사가 부인에게 물었다.
"이혼을 요구하는 이유가 무엇입니까?"
"코를 골기 때문입니다."
"그래요? 결혼한 지 얼마나 됐습니까?"
"3일 됐습니다."
그러자 판사는 즉시 판결을 내렸다.
"이혼을 승인합니다! 3일이면 다른 일을 하느라 코를
골 틈이 없어야 하는데!"

첫날밤의 기도

결혼식을 올린 날 밤, 젊은 목사는 잠자리에 들기 전에 신부를 보고 속삭였다.

"색시, 미안하오. 나는 하나님의 인도를 기원하는 기도를 드려야겠어요."

색시가 기다렸다는 듯이 대답했다.

"염려하지 마세요. 인도하는 일은 내가 알아서 잘할 테니까 자기는 오래오래 하게 해달라고나 기도하세요."

노인과 보청기

    한 노인이 몇 년 간 귀가 안 들려 고생하다가 의사를 찾았다.

    의사는 귓속에 쏙 들어가는 신형 보청기를 주며 사용해 보고 한 달 후 다시 찾아오라고 했다.

    한 달이 지나고 노인이 의사를 찾아왔다.

"어떠세요?"

"아주 잘 들립니다."

"축하합니다. 가족들도 좋아하시죠?"

"우리 자식들에겐 이야기 안 했지요. 여기저기 왔다 갔다 하며 그냥 대화 내용을 듣고 있어요. 그리고 그동안 유언장을 세 번 고쳤다우……."

민감한 택시기사

택시를 탄 승객이 운전을 하고 있는 택시기사의 어깨를 두드렸다.

운전기사가 소스라치게 놀라서 택시는 중심을 잃고 사고 직전까지 갔다가 멈추어 섰다.

기사는 가슴을 쓸어내리며 승객에게 말했다.

"다시는 그러지 마세요. 너무 놀랐습니다."

승객이 물었다.

"뭐 좀 물어보려고 어깨에 손을 살짝 댔을 뿐인데 제가 그렇게나 잘못했나요?"

그러자 운전사 왈,

"사실은 오늘이 택시운전 처음인데 이제까지 30년 동안 장의차만 몰았거든요."

나도 신상녀

한 중년의 여인이 갑자기 불어온 돌풍 때문에 한 손으로 신호등 기둥을 붙잡고, 다른 한 손은 모자가 날리지 않도록 잡고 있었다.

그때 바람이 더욱 거세지더니 여자의 치마가 날려서 은밀한 부분이 들춰지는 것이 아닌가.

마침 그 옆을 지나가던 경찰이 여자에게 말했다.

"그 모자보다는 사람들이 보지 못하게 치마를 좀 잡으시죠?"

그러자 그 여인이 하는 말,

"이것 봐요. 사람들이 지금 쳐다보는 건 40년이 넘은 중고지만 이 모자는 오늘 산 거예요."

양보다 질

　어느 산적 한 놈이 어쩌다 산 속에서 길을 잃었다.

　사흘 동안이나 아무것도 먹지 못한 그 산적은 춥고 배가 고파 거의 죽을 지경이 됐다. 가물가물 의식이 희미해져 가는데 숲 저쪽으로 양 한 마리가 풀을 뜯고 있는 게 보였다. 앞뒤 가릴 것 없이 죽을힘을 다해 양에게 돌진했다.

　그런데 바로 그때 아름다운 아가씨 한 명이 산길을 지나가고 있는 게 아닌가! 순간, 산적은 양을 포기하고 아가씨 쪽으로 냅다 달리며 다음과 같이 외쳤다.

　"그래~ 그래~ 양(羊)보다 질(膣)이여!"

어른의 거짓말

한 소년이 만 원짜리 한 장을 흔들면서 따라와 물었다.

소년 : 아저씨! 혹시 이 만 원짜리 돈 떨어뜨리지 않으
　　　 셨어요?

아저씨 : (호주머니를 뒤적거리더니) 아, 떨어뜨린 것 같
　　　　 구나. 네가 주웠니?

소년 : 아니오.

아저씨 : 그럼?

소년 : 어른 중에 거짓말쟁이가 얼마나 많은가 조사
　　　 하는 중이에요!

혼 전 관계를 보는 여러 시각들

- 학생 → 예습
- 교수 → 오리엔테이션
- 회사원 → 가불
- 은행원 → 약속어음 발행
- 산악인 → 사전답사
- 교통경찰 → 속도위반
- 국회위원 → 날치기 통과
- 산부인과의사 → 밥줄
- 배우 → 리허설
- 작가지망생 → 습작
- 건축가 → 준공검사 이전의 입주
- 농부 → 철 이른 파종
- 군인 → 초전박살

남편 사용설명서

1. 제품 구입 전 충분히 검토 후 구입하십시오.
2. 제품마다 다양한 특성을 지니고 있으므로 먼저 제품의 특성을 파악하십시오.
3. 사용자에 따라 상품의 좋고 나쁨이 다를 수 있으니 주의가 요구됩니다.
4. 제품의 초기 사용할 때와 갈수록 많이 달라질 수 있으나 고장은 아닙니다.
5. 제품이 집 밖으로 나갔을 때에는 통신이 두절되거나, 회귀 시간이 늦어질 수 있으니 유의하십시오.
6. 제품의 알코올 함량이 높을 때에는 콩나물국이나 북어국을 투여하십시오.
7. 제품이 이상 증세를 보일 때에는 질 좋은 약품으로 장기 투여하십시오.
8. 스트레스에 민감하니 항상 유의하십시오.
9. 적절한 양분과 휴식을 취하게 하시면 제품을 오래 사용할 수 있습니다.

10. 가끔 어린이 같은 행동을 할 때가 있으나 제품에
    이상이 있는 것은 아니니 안심하고 사용하십시오.

■ 사용 최적 환경

　맛있는 밥이나 술이 있는 곳, 홈시어터, 다양한 스포
츠 채널이 나오는 벽걸이형 TV, 컴퓨터 및 새로운 디지
털 기기, 당구대, 멋진 자동차 등의 주위에서 이상적으
로 작동된다.

■ 고장의 원인

1. 스포츠 뉴스를 보고 있을 때의 질문.
2. 중요한 뉴스 시청할 때 청소기 돌림.
3. 돈타령할 때나 백화점 쇼핑 제안 시 주의 요망. 이
   와 같은 것들이 오작동을 일으키는 원인이 된다.

■ 주의사항

1. 급격한 온도 변화로 폭발할 수 있으니 잔소리는 삼
   가십시오.
2. 화기에 약하니 여자 주위에는 절대 두지 마십시오.

별일 아니에요

자동차로 출근하는 남편을 배웅하고 난 부인이 이웃 집 여자와 얘기를 나누고 있었다.

"남편 월급이 또 오른 모양이죠?"

"왜요?"

"자동차가 새 고급차로 바뀌었으니 말이에요."

"아! 차요? 차가 아니라 남편을 바꿨을 뿐이에요."

국회의원과 마누라 공통점

첫째, 하여간에 말이 많다.

둘째, 내가 선택했지만 후회하고 있다.

셋째, 바꾸고 싶지만 바꿔봐야 별 수 없을 것 같아 참고 산다.

넷째, 돈은 내가 벌어오는데 쓰기는 자기가 다 쓰고 생색도 자기가 다 낸다.

다섯째, 아홉 시 이전에 집에 들어가기 싫게 만든다.

여섯째, 한 번 단단히 혼내주겠다고 벼르다가도 막상 얼굴 대하면 참고 만다.

일곱째, 그 앞에 서면 작아진다.

여덟째, 아는 체도 하지 않다가 자기가 필요하면 헤헤 웃고 아양 떤다.

비싼 이유

"이 바비 인형은 16.99달러고요, 조금 비싼 건 말리 바비 인형인데 24.99달러입니다. 그리고 아주 비싼 건 이혼한 바비 인형으로 169.99달러입니다."

"이혼한 바비 인형은 왜 그리 비싸지요?"

"이혼한 바비 인형은 집과 자동차가 옵션으로 딸려 나오거든요!"

의사와 정치인

　대통령과 총리가 사고를 당해 병원으로 실려갔다. 기자들이 의사에게 물었다.

　"각하를 구할 수 있습니까?"

　의사는 찌푸린 얼굴로 고개를 가로저었다.

　"각하는 가망이 없습니다."

　기자들이 또 물었다.

　"총리는 어떻습니까?"

　의사는 또 고개를 가로저으며 대답했다.

　"역시 가망이 없습니다."

　그러자 기자들이 이구동성으로 물었다.

　"그럼 아무도 구할 수 없다는 말씀입니까?"

　의사는 그제야 의기양양한 목소리로 외쳤다.

　"국가는 구할 수 있게 됐습니다!"

숨겨진 사연

　맹구가 교회에 늦게 도착하자 목사님이 무슨 일이 있느냐고 물었다.
　"아빠를 따라서 낚시가려고 했는데 아빠가 저보고 교회에 가라고 했어요."
　목사님은 대단히 감동하여 다시 물었다.
　"그래, 정말 훌륭한 아버지시구나. 아빠가 왜 교회에 가야 하는지에 대해서도 말씀해 주셨니?"
　"예, 낚시 미끼가 두 사람 분이 안 된다고 하셨어요."

진짜 죽는 것

한 탐험가가 아마존 정글을 여행하다가 갑자기 원주민들에게 포위당했다. 탐험가는 멈춰 서서 혼잣말을 했다.

"난 이제 죽었구나."

그러자 갑자기 하늘에서 한 줄기 빛이 보이더니 한 목소리가 들렸다.

"아니다, 넌 아직 죽지 않았다. 네 발밑에 있는 돌을 하나 집어서 네 앞에 있는 추장의 머리를 맞추어라!"

탐험가는 하늘이 자신을 돕는구나 싶어서 시키는 대로 돌을 집어서 원주민 추장의 이마에 던져 정통으로 맞추자 추장은 그대로 쓰러져서 죽었다.

그러자 나머지 수십 명의 원주민들이 놀라고 화난 표정으로 탐험가를 노려보았다.

그때, 하늘에서 다시 목소리가 들렸다.

"넌 이제 진짜 주우우욱었다~!"

교회 유머

1. 자동차 속도에 알맞은 찬송가

   (특히 고속도로에서)

· 120km 속도 이내 – 주를 가까이 하게 함은

· 130km – 갈 길을 밝혀 보이시니

· 140km – 하늘 가는 밝은 길이 내 앞에 있으니

· 150km – 천부여 의지 없어서 손들고 옵니다

· 170km 이상 – 나 이제 왔으니 내 집을 찾아

2. 교회 내 난치병 6가지

• 습관성 주보 탐닉증

   설교가 시작되면 주보를 뒤적이며 어쩌다 낸 헌금

   때문에 명단에서 자기 이름을 찾는 증상

• 습관성 찬송 추월증

   찬송 중 망상의 나래를 펴고 헤매는 증상

• 습관성 예배 지각증

   예배에 5분씩 늦게 나오는 증상

- 습관성 안면 철판증
  성가 연습 없이 성가대 가운을 입는 증상
- 습관성 제발 저림증
  찔리는 설교를 들으면 나를 씹는군 하는 증상
- 만사 삐딱증
  모든 일을 삐딱하게 받아들이는 증상

노아 홍수

　예배 후 폐회기도 때 기도를 길게 하기로 이름난 장로님에게 기도를 부탁했다.

　장로님은 창세기부터 요한계시록까지 거창하게 줄줄줄……. 1시간을 끝내고 눈을 떠보니 목사님만 남고 교인은 한 사람도 없었다.

　"목사님 어찌된 일입니까?"

　"아 예! 노아 홍수로 다 떠내려갔습니다."

남자의 노화 수준

    샤워 후 거울에 비친 자신의 어느 부위를 보느냐에 따라 연령대를 구분한다는데,

10대 : 얼굴을 본다.
20대 : 가슴 근육을 본다.
30대 : 복근을 본다.
40대 : 나온 배를 본다.
50대 : 이마 주름을 본다.
60대 : 안 본다.

개그콘서트의 집중토론

- 영원히 풀리지 않는 숙제
  엄마가 좋은가, 아빠가 좋은가?
- 신의 영역에 도전하는 숨겨진 진실
  키높이 깔창, 허용해야 하는가?
- 셜록 홈즈도 속아버린 완벽한 트릭
  '오빠 믿지?' 과연 믿어야 하는가?
- 불특정 다수를 노린 테러
  음식점 배달 '방금 출발했어요.' 과연 믿어야 하는가?
- 당신이 간과한 혈육
  식당 이모, 과연 가족으로 인정해야 하는가?
- 솔로몬도 두 손을 든 미스터리
  영화관 의자의 팔걸이, 과연 어느 쪽이 내 것인가?
- 인류가 낳은 재앙
  노래방 우선예약, 권리인가 범죄인가?
- 금녀의 벽을 넘는 유일한 존재
  청소 아줌마의 남자화장실 출입, 특권인가 업무인가?

- 제13차 교육과정의 일등공신
  '까다로운 변 선생' 선생으로 인정해야 하는가?
- 신용을 잃어버린 이 시대의 자화상
  '야 언제 밥 한 번 먹자.' 과연 언제 먹을 것인가?
- 인류의 풀리지 않는 미스터리 로맨스
  114 안내원의 안내 멘트 '사랑합니다, 고객님!' 진정 날 사랑하는 것인가?

대졸자

슈퍼마켓에 취직한 청년이 첫 출근을 했다.

지배인은 다정한 악수와 미소로 그를 맞아주고는 빗자루를 건네주면서 말했다.

"먼저 해야 할 일은 가게를 청소하는 거라네."

"하지만 난 대학을 졸업한 사람인데요."

라고 청년은 화를 내면서 대답했다.

그러자 지배인이 말했다.

"이거 참 미안하게 됐군. 그걸 미처 몰랐지 뭔가. 그 빗자루 이리 주게. 내가 어떻게 하는 건지 보여줄게."

신의 음성

한 사람이 기도 중에 신의 음성을 들었다.

(그 사람의 직업은 정치가일 수도 있고, 목사일 수도 있고, 또는 다른 무엇일 수도 있다.)

"비 오는 날 우산을 쓰지 말고 속옷 바람으로 대로로 나가라. 그러면 나의 계시를 들을 수 있느니라."

그는 며칠 후 비가 오는 날 시키는 대로 하고는 신에게 따졌다.

"신이여, 어찌하여 계시를 들려주지 않으셨습니까? 바보가 된 느낌만 들었습니다."

그때 다시 신의 음성이 들려왔다.

"네가 바보라고 생각했다면, 제대로 나의 계시를 들은 것이니라."

부자가 되는 비결

어떤 사업가가 권력을 잡아 부자가 된 정치가를 찾아가서 물었다.

"부자가 되는 비결이 뭔지 알고 싶어서 이렇게 찾아뵈었습니다."

"그건 아주 쉽습니다. 오줌을 눌 때 한 쪽 발을 들면 됩니다."

"그게 무슨 말씀이시죠? 그건 개들이나 하는 짓이 아닙니까?"

"바로 그거요. 사람다운 짓만 해서는 절대 돈을 벌 수가 없다는 거 아닙니까."

오륜에 대하여 (인터넷 버전)

인(仁) : 아무리 내 글의 조회 수가 저조하다 할지라도 꾸준히 글을 올리니 이것을 '인' 이라 한다.

의(義) : 정성들여 올린 글을 그 앞글과 뒷글까지 읽어주니 이것을 '의' 라 한다.

예(禮) : 재미있는 글을 읽었을 땐 그 글을 쓴 사람에게 간단하게 댓글이라도 달아 감사의 뜻을 전하니 이것을 '예' 라 한다.

지(智) : 웃기는 글을 쓰기란 하늘의 별을 따는 것처럼 어렵다는 것을 알고 작은 미소에도 댓글로써 답하는 아량을 깨달으니 이것을 '지' 라 한다.

신(信) : 비록 자신의 글을 읽어주는 이가 적을지라도 그들을 위해 더욱더 열심히 글을 쓰니 이것을 '신' 이라 한다.

북한이 남침하지 못하는 이유

남한에 이런 것들이 있기 때문이라고 한다.
1. 집집마다 핵(核)가족
2. 골목마다 대포집
3. 밤에는 총알택시
4. 남자들은 폭탄주

최근 버전
1. 남한에는 북한보다 더 센 좌익이 있다.
2. 남한에는 북한 탱크보다 더 센 사이드카가 있다.
3. 남한에는 원자력보다 더 센 촛불이 있다.
4. 남한에는 핸드폰을 든 노숙자가 있다.
5. 남한에는 미국산 쇠고기를 먹고도 죽지 않는 5,000만이 있다.

시어머니 거짓말

5위 : 좀 더 자거라, 아침은 내가 할 테니!

4위 : 내가 며느리 땐 그보다 더한 것도 했다!

3위 : 내가 얼른 죽어야지 너희들이 편할 텐데!

2위 : 생일상은 뭘…… 그냥 대충 먹자꾸나!

1위 : 아가야! 난 항상 널 내 딸처럼 생각한단다!

산수와 기하의 차이

선생님 : 숫자 8을 반으로 나누면 얼마가 되지?
학생 : 가로로 말인가요? 세로로 말인가요?
선생님 : 그게 무슨 말이니?
학생 : 세로로 나누면 3이 되고 가로로 나누면 0이 되
지요.

콜 수상의 여유

독일 통일을 이룬 헬무트 콜 총리.

그가 정원을 청소하다가 수류탄 세 개를 주웠다.

아내와 함께 그 수류탄을 경찰서에 가져가는데 아내가 걱정스럽게 말했다.

"여보! 가는 도중에 수류탄 하나가 터지면 어떡하죠?"

그러자 콜 총리가 잠시 생각하더니 말했다.

"걱정하지 마, 그럼 경찰에게 두 개를 주웠다고 말하면 되잖아."

고대국가 이름

어느 중학교 국사 시간.

아이들이 지루해 하자 선생님은 잠깐 잡담을 했다.

"우리나라에서는 고대 국가의 이름을 종종 상업적으로 이용하는데 어떤 사례가 있을까요?"

아이들이 선뜻 대답하지 못하자 선생님이 사례를 들었다.

"예를 들면…… 신라제과, 고려당, 가야농장, 고려제과…… 음~ 그리고 또 뭐가 있을까?"

그때 사오정이 번쩍 손을 들어서 대답했다.

"선생님! 신라면요!"

성악가가 쓰러진 이유

한 성악가가 있었다. 그 성악가는 너무나 악보대로 잘 부르는 사람으로 정평이 나 있었다. 그래서 웬만한 음악회에는 빠지질 않았다.

오늘도 대통령이 참석하는 국민 음악회에 출연을 교섭받아 나가게 되었다. 작곡가도 이 성악가에게 줄 노래를 최선을 다하여 만들어주었다. 이 성악가는 워낙 잘 부르는 사람이기 때문에 연습이 필요 없었다.

드디어 이 성악가의 순서가 되자 성악가는 악보를 받아 들고 무대로 나갔다. 우레와 같은 박수 소리가 울려 퍼졌다.

성악가의 노래가 시작되자 사방이 조용해졌다. 성악가가 노래를 부르기 시작한 지 얼마쯤 되었을까…… 성악가는 그 자리에 쓰러지고 말았다.

이유는 악보에 숨표가 없었기 때문이다.

엄마오리의 비밀

새끼 청둥오리가 엄마 청둥오리에게 물었다.

"엄마! 나 청둥오리 맞아?"

"당근이지, 넌 내가 낳았단다."

그러자 새끼 청둥오리가 다시 물었다.

"그런데 왜 난 흰색이야?"

깜짝 놀란 엄마 청둥오리가 새끼 청둥오리의 입을 막으며 말했다.

"쉿, 조용히 해!! 니 애비 색맹이야."

러키 세븐

아파트 7층에 사는 단순이가 낮잠을 자고 일어나 보니 꿈에서 본 7이라는 숫자가 너무 선명하게 머릿속에 박혀 있었다. 그러고 보니 오늘은 7월 7일이었고 시계를 보니 7시 7분 7초였다.

단순이는 오늘 뭔가 되는 날이라고 생각하고 전 재산을 정리해 집 밖으로 나왔다. 나오자마자 도착한 버스는 77번 버스. 무작정 올라탔더니 그 버스의 종점은 과천 경마장이었다. 경마장에 들어간 단순이는 7번 말에 7억 원을 걸었다.

그런데 헉! 이럴 수가……

그 말은… 흑흑흑… 7번째로 들어오고 말았다.

가요와 사연

- 정력이 약한 남자가 가장 싫어하는 노래
  아직도 어두운 밤인가 봐

- 신혼부부들이 가장 싫어하는 노래
  아니 벌써

- 이혼하겠다는 부부가 부르는 노래
  성격 차이

- 바보들이 좋아하는 노래
  내가 아는 한 가지

- 플레이보이들이 즐겨 부르는 노래
  세상에 뿌려진 사랑만큼

어느 공처가의 항변

어떤 공처가의 집에 친구가 놀러갔다.

공처가가 앞치마를 빨고 있자 이를 본 친구가 혀를 끌끌 차며 참견했다.

"한심하구먼! 마누라 앞치마나 빨고 있으니, 쯧쯧 쯧……."

이 말을 들은 공처가가 버럭 화를 내며 말했다.

"말조심 하시게! 내가 어디 마누라 앞치마나 빨 사람으로 보이나? 이건 내 거야!!"

뻘밭의 처녀

바닷가에서 일하는 처녀가 맞선을 보러 나갔다.

남자 : 근디… 웬 손이 그렇게 크대유?

여자 : 맨날 뻘밭에서 꼬막이랑 바지락을 캐니 손이
　　　안 크고 배겨유?

남자 : 근디… 발은 또 왜 그렇게 크대유?

여자 : 맨날 뻘밭을 이리저리 돌아댕기니까 안 크고
　　　배겨유?

갑자기 남자가 어두운 표정으로 이렇게 물었다.

"저어~ 혹시 맨날 뻘밭에 주저앉지는 않았겠쥬?"

만원 지하철

　퇴근 시간의 2호선 교대역, 여느 때처럼 초만원이었다. 몇 정거장 후 사당역에서 잡상인으로 보이는 한 아주머니가 전철에 올라탔다. 그 아주머니의 손에는 새우젓 봉지가 쥐어져 있었다.

　정차 역마다 지하철에는 더 많은 사람들이 밀려들었고 승객들이 서로 뒤엉키고 넘어지고 그야말로 '지옥철'이 따로 없었다.

　그때 '지옥철'을 순식간에 조용하게 만든 잡상인 아주머니의 외마디 비명.

　"젓 터져~~~!!!"

건강진단

어느 병원에서 한 사나이가 건강진단을 하는데 의사가 소변을 받아오란다. 그는 재빨리 집에 가서 큰 병에 가득 소변을 담아왔다.

의사 : 무슨 검사하는데 이렇게 많이 가지고 오셨습니까?

남자 : 흠, 이왕 가져왔으니 그대로 해봅시다.

검진 결과 아무 이상이 없어 사나이는 재빨리 가족에게 전화를 걸었다.

남자 : 여보, 우리 가족 모두 건강하단다. 마음 푹 놓으라고!

• 달달부부

아무리 부부라도 서로 각자의 영역과 자유를 인정해야 한다. 꼬치꼬치 캐묻고 달달 볶지 말라.

• 험담부부

부부 간에도 상스러운 말을 해서는 안 되겠지만 다른 사람에게 배우자의 흉을 보아서는 더욱 안 된다.

• 외도부부

바람피우는 것만이 외도는 아니다. 가정을 지키지 않고 밖으로 나도는 남편이나 아내가 되어선 안 된다.